戦争と俳句

『富澤赤黄男戦中俳句日記』・「支那事変六千句」を読み解く

川名 大

創風社出版

はじめに

神田秀夫によって「俳句を近代詩の水準に引きあげるために、これまでの伝統派の作者が誰もやらなかった仕事をした。その業績は、当時の秋桜子や誓子や草城より一歩をすすめたものである」「戦前、戦時からの態度、方法をまげず、横波を突っ切るように戦後を生きた作者は（略）新興俳句の方では赤黄男と窓秋であった。」（「現代俳句小史」―筑摩書房版『現代俳句集』・昭32）と評された富澤赤黄男。

赤黄男は新興俳句を代表する俳人だけではなく、現代俳句史上に独自の位地を占める俳人。その赤黄男は三冊の句集を遺した。『天の狼』（昭16）、『蛇の笛』（昭27）、『黙示』（昭36）。各代表句を示せば、

蝶墜ちて大音響の結氷期　　『天の狼』
切株は　じいんじいんと　ひびくなり　　『蛇の笛』
草二本だけ生えてゐる　時間　　『黙示』

赤黄男の俳句を読み解くのは難しい。その難しさの理由は大きく分けて二つある。一つは上記の句が示すように、赤黄男の作風、表現方法がイメージや暗喩を駆使した象徴的、超現実的なものであり、かつ抽象的な思惟が深いこと。目に見える季節ごとの風物を写生的に詠む俳句を読み慣れた多くの俳人たちは概して詩的言語体験が貧しく、イメージの俳句空間や言葉相互の詩的論理や交感を感受して読み解くのが難しいから

である。

もう一つは赤黄男の俳句の生成過程が複雑であること。生原稿→推敲を経ての俳誌発表→推敲を経ての句集収録→誤植のままの流布といった過程での錯綜が多く見られるからである。そうした錯綜を整え、厳密に校訂した『定本・富澤赤黄男句集』（昭40）が早くに編まれており、また、赤黄男の「作品」年表（俳句・詩・小説）と「俳文・俳論・座談会」年表（共に「未定」第83号―富沢《ママ》赤黄男生誕百周年記念特集・平15）が完備しているにもかかわらず、赤黄男俳句に容喙する人々は上記の基礎的資料を丹念に読み解いた上で、論をなすということをしてこなかった。

したがって、たとえば朝日文庫の『富澤赤黄男 高屋窓秋 渡邊白泉集』（昭60）一冊だけで思いつきの主観的な感想を綴ってみたり、あるいは連作の中から一句だけを抽出して主観的で放恣な断片的見解を記述してみたりといったものが大部分。放恣な読みを競うアナーキーな状況ばかりで、赤黄男の基礎資料を読み解いた上での精緻な読み解きはほとんど見られず、赤黄男俳句の研究は進捗しなかった。

そういう停滞状況に唯一風穴を開けたのが高原耕治氏の『絶巓のアポリア』（沖積舎・平25）である。高原氏は赤黄男俳句の錯綜する生成過程を校訂するため、原稿・初出誌と句集および定本句集の異同を逐一厳密に精査し、定本句集の誤りを正すとともに、従来の主要な赤黄男俳句研究史を検討し、その上で独自の知見と創見を打ち出した。現在の赤黄男俳句研究史の最前線は高原氏の著作にある。

さて、本書に収録した「『富澤赤黄男戦中俳句日記』を読み解く」とその日記の翻刻は、高原氏が切り開いた赤黄男俳句研究史の最先端をさらに進捗させるのに資する新たな資料の開示とその読み解きである。

日中戦争とそれに続く太平洋戦争に出征した期間の前線俳句（従軍俳句）と文章を中心とする赤黄男の「戦中俳句日記」は高原氏の『絶巓のアポリア』を初めとする赤黄男俳句研究の主要な論考には既にその一部が引用されていた。しかし、その全貌の翻刻は今回が初めてである。その意味では新出資料の翻刻と言っていい。

「戦中俳句日記」の俳句や文章を、中支那の戦地から友人や妻（清）と交わした軍事郵便・「上海派遣軍戦闘序列」や「中支那派遣軍編成」などの陸軍編成組織の一覧表・『天の狼』・「旗艦」などを参照して考察すると、従来の研究や『天の狼』という句集だけでは見えなかった興味深い事柄が見えてきた。

本稿で新たに解明できた主な事柄を挙げると、まず赤黄男の中支那における転戦経路。赤黄男は第十一師団後備工兵第一中隊金守伊三郎部隊（兵站部隊）に所属し、上海派遣軍（のちの中支那派遣軍）として出征。その後、南京→徐州→武漢と、中支那派遣軍の主要な戦闘作戦に従って転戦。作戦軍の後方にあって、車両・軍需品の前送、補給などの兵站活動に従った。

次に、その転戦の中で俳句を詠んでいるが、いつ・どこで・どんな状況で詠んだかがおよそ解明でき、『天の狼』の句の生成の背景が明らかになった。たとえば、『天の狼』では「寒山寺」を詠んだ四句は「武漢陥落」を詠んだ句の後に収録されているが、従来は上海と南京の中間に位置する蘇州の「寒山寺」（張継の「楓橋夜泊」の詩で有名な寺）とされてきた。今回、「戦中俳句日記」の転戦経路から武漢市新州にある「寒山寺」であることが判明した。

三つ目は、特高（特別高等警察）による俳句弾圧を回避するため『天の狼』に収録しなかった句や表記を改変して収録した句が判明し、戦意高揚、聖戦遂行のための思想統制、思想弾圧が赤黄男の意識や俳句に濃い影を落としていることが明らかになった。赤黄男がマラリアに罹り、小倉陸軍病院に帰還したのは昭和十五年二月。この同じ月に第一次「京大俳句」検挙事件が起こっている。一年後の十六年二月には「広場」など四誌が一斉に弾圧され、新興俳句は終息せしめられた。『天の狼』の刊行は同年八月だが、赤黄男はこの急激な時代閉塞の趨勢を十分に認識していた。

たとえば、「戦中俳句日記」で「落日をゆく／落日をゆく／真紅い中隊」と三行表記で詠まれた俳句は、「旗艦」（昭13・8）では「落日をゆく落日をゆく真赤《あか》い中隊」の表記で発表され、世評が高かった。にもかかわらず、赤黄男はこの句を『天の狼』に収めなかった。「落日をゆく真赤《あか》い中隊」のイメージが「赤い夕陽に照らされて／友は野末《のずえ》の石の下」（軍歌「戦友」）にも通じ、戦意高揚とは真逆のイメージだからである。この赤黄男の意識は満州に移住した俳人たちの意識とは対照的である。彼らには、民族協和・王道楽土を謳った満州国は幻像であり、実際は民族差別・強制収奪の兵営国家という幻像の正体は見えていなかった。彼らは満州のエキゾチックな都市の景観や果てしない大地に直接接し、新たな理想郷へのロマンを抱き、地平線に沈む赤い夕日に向かって「戦友」の一節を口ずさみ、感傷に浸っていたのであった。

また、赤黄男は、たとえば「戦中俳句日記」において「武漢陥落」を詠んだ中の一句「めつむれば虚空を赤き馬おどる」（注・「旗艦」昭和十四年三月号でも同じ表記）を、『天の狼』では「めつむれば虚空を黒き馬をどる」と表記を改変して収録した。血みどろの「赤き馬」のイメージでは戦意高揚、聖戦遂行に悖るので、躍動する精悍な「黒き馬」のイメージに改めることで弾圧を回避しようとしたのである。

最後に、赤黄男の句には質の異なる二種類の一字空白表記の句があることが判明したこと。赤黄男俳句の愛読者なら誰でも知っているように、赤黄男独自の表現方法の一つは読者の想像力を喚起するため深い「切れ」を意図して一字空白の表記を採ったことである。この表記の句は『天の狼』では十句ほどしかないが、『蛇の笛』と『黙示』では大部分を占める。ところが、「戦中俳句日記」の『天の狼』以後の句（昭和十六年八月五日の「桜貝」と題する句から昭和二十年二月二十七日の「雑諷」と題する句まで）については、第二句集『蛇の笛』（昭27）を編むに際して、それらの句に赤鉛筆で一字空白を示す楔形記号（「く」）が新たに書き加えられるという注目すべき表記の改訂が施されていたのだ。つまり、『蛇の笛』だけ見ていては分からない質の異なる二種類の一字空白表記の句が『蛇の笛』には含まれていることが判明したのだ。最初から深い「切れ」の効果を意図して一字空白の表記を採り入れた句と、一字空白のない一行俳句に後で句集を編む際に、いわば無理やりに一字空白を施した句とでは「切れ」の深さが違ってくるのは当然だろう。したがって、『蛇の笛』

を読み解くには質の異なる二種類の一字空白表記の句が含まれていることに留意することが前提となる。

素朴な疑問から発想して、疑問の解明に至るということは他の様々な分野でも起こり得ることであろう。本書の場合、Ⅲの「「支那事変六千句」八十年目の真実―皇軍へのバイアスと情報操作」がそれに該当する。改造社の「俳句研究」の特集アンソロジー「支那事変三千句」（昭13・11）「支那事変新三千句」（昭14・4）は、「前線俳句」が「銃後俳句」より多い。特に「新三千句」では二倍以上に膨らんでいる。これは「出征俳人よりも内地の銃後俳人の方が圧倒的に多い」「俳人の出征に因る結社の解消は見当たらない」という常識に照らして異様である。そこで注意深く眺めると、「前線俳句」は将校のヒエラルヒーを反映した編集であることに気づく。また、当時の「改造」は火野葦平の徐州会戦従軍記「麦と兵隊」の一挙掲載（昭13・8）と翌月の単行本化により、それがミリオンセラーとなり、戦意高揚の時局に同化した急激な編集転換に拍車が掛かっていた。それに連動して「俳句研究」も三俳人による俳句版「麦と兵隊」の大作を企画、掲載した（昭13・9）。時局の趨勢に同調、連動したそうした編集に着眼した私は、「支那事変六千句」における「従軍俳句」の数の優位は、時局の趨勢や皇軍へのバイアスがかかった情報操作ではないかという仮説を立てた。

それを立証するため、推測統計学に倣って流派の偏りなく「ホトトギス」「京大俳句」「石楠」「層雲」など主要俳誌十七誌を選定し、各俳誌ごとに月別に「前線俳句」と「銃後俳句」のデータを丹念に収集した。その結果、「銃後俳句」が圧倒的に多いことが判明（参照・本文の表1および表2）。両者の句数の多寡をめぐる論議に決着をつけるとともに、「支那事変六千句」は戦意高揚・戦勝賛美の時局の趨勢に同調し、皇軍にバイアスをかけた情報操作（捏造）であることを実証的・帰納的に立証した。

各俳誌のデータを比較して眺めると、いくつかの興味深いことが浮かび上がってくる。そのうち、主なものを挙げると、まず、意外なことに「ホトトギス」の「前線俳句」が「石楠」とともに圧倒的に多いこと。これは共に大結社で出征俳人が多いことにも因るが、特に「ホトトギス」では虚子が雑詠欄で一句ないし二句を積極的に選出したからである（そこに虚子の時局の趨勢への同調を読み取ることも可能であろう）。

次に「ホトトギス」と対照的なのが新興俳句の中核誌「京大俳句」。西東三鬼や仁智栄坊らが連作の戦火想望俳句をしばしば詠んだため「銃後俳句」は多いが、「前線俳句」はほとんど見られない。これは出征俳人が少なかったことに因る。

三つ目として、「馬酔木」は「前線俳句」も「銃後俳句」も少ない。これは秋桜子が「無季俳句を排す」を唱え、「馬酔木」はすでに無季新興俳句陣営から離脱していたことに因るだろう。

最後に、概して新興俳句誌には「銃後俳句」が極めて多く、伝統俳句誌には極めて少ない。その理由は新興俳句誌では連作の大作の「戦火想望俳句」が盛んに試みられたこと。逆に、伝統俳句誌では「客観写生」や「花鳥諷詠」の縛りに囚われて、戦争という無季の題材を詠むことや、写生を離れて想像力を駆使することに踏み切れなかったことに因るだろう（以上、表1および表2を参照）。

盧溝橋事件に端を発した日中戦争は北支那から中支那へと拡大。徐州作戦から武漢作戦へと展開し、戦争は長期化していった。各俳誌の「前線俳句」と「銃後俳句」に詠まれた俳句とその素材を分析すると、戦線の拡大や攻略作戦の展開と連動していることが判明した。たとえば、中支那の上海作戦では「出征」の光景を詠んだ「銃後俳句」が圧倒的に多いが（参照・表3）、南京作戦や徐州作戦では「英霊帰還」や「傷病兵」を詠んだ「銃後俳句」が「出征」句を上まわるようになる（参照・表4および表5）。このように「銃後俳句」は前線や銃後の推移する状況を反映していることが見てとれる。

以上、「「支那事変六千句」八十年目の真実―皇軍へのバイアスと情報操作」の論考の執筆意図と、趣旨のあらましに触れた。その詳細については、本論をご覧くだされば幸いである。

戦争と俳句

——『富澤赤黄男戦中俳句日記』・「支那事変六千句」を読み解く

——目　次——

I

『富澤赤黄男戦中俳句日記』を読み解く

はじめに

新興俳句の代表的な俳人富澤赤黄男は句集『天の狼』（昭16・8）の作者として広く知られている。『天の狼』には、日中戦争（支那事変）の戦場から愛する一人娘（潤子・当時七歳）への父情を抒情豊かに詠んだ連作「ランプ」（後に引用）や、

蝶墜ちて大音響の結氷期　昭16

という超現実的な傑作もあり、今も愛誦されている。戦後の代表作としては、

切株は　じいんじいんと　ひびくなり　昭23

草二本だけ生えてゐる　時間　昭27

などが高名だ。詩人的な資質の赤黄男の作風はイメージや暗喩を駆使した極めて独創的なものだったので、「影像の詩人」（菱山修三）などと呼ばれた（当時は「映像」ではなく、「影像」の文字を使用）。

赤黄男は昭和十年代の厳しい戦時下で二冊の俳句日記（俳句と文章）を書き遺している。一冊目は「佝僂《くる》の芸術」と題し、昭和九年九月二十日から日中戦争に出征する直前の同十二年九月九日までの三年間のもの。第一書房の「自由日記」（判型は14㎝×20㎝でA5判より若干小さい）を使用。「佝僂の芸術」は拙著『昭和俳句の検証』（笠間書院・平27）に翻刻収録してある。二冊目は日中戦争の動員令が下り（昭和十二年九月十三日―赤黄男の「年譜」に九月十二日とあるのは誤り）、それから一、二週間後に上海派遣軍として出征したときの「戛々

とゆき憂々と征くばかり」から戦後の「太陽系」第二号（昭21・6）に寄稿した「春」九句の草稿までのもの。こちらは東京建設社の「日記」（判型は14・5㎝×20㎝でA5判より若干小さい）を使用。三二四頁から成る。ちなみに、戦後のものとして「雄鶏日記」があるが、これは前の二冊とは異なり、俳句はなく、俳句に関するアフォリズムを中心としたもの。「太陽系」創刊号（昭21・5）から「火山系」（「太陽系」の後身）第五号（昭24・4）まで連載したもので、昭和五十一年、林檎屋版『富澤赤黄男全句集』の別冊として刊行された。

東京建設社の「俳句日記」には赤黄男はタイトルを付けていないが、日中戦争と太平洋戦争に従軍したときの俳句と文章が記されているので、以下「戦中俳句日記」という名称で呼ぶこととする。「戦中俳句日記」は三二四頁だが、五十六頁までは出征から昭和十五年二月に帰還するまで中支各地を転戦する中で創った俳句が二章に分けてまとめてある。第一章は「蒼い弾痕」（十三年・十四年）、第二章は「不発地雷」（十四年―「戦中俳句日記」に「十五年」とあるのは誤り）。次の昭和十五年の「阿呆の大地」の章の最初の「阿呆の大地」十四句（「旗艦」昭15・5）の末尾には「四月一日」と制作月日が明記されている。また、第二章の最後の「戦の詩」十六句は、「十五、三」と制作年月が明記され、「旗艦」（昭15・4）では十四句掲載されているので、帰国後寄稿したことが分かる。

「戦中俳句日記」の戦地での句は「雨の行軍」と題する「ポケットに／吾子の手紙が　ぬれてゐる」（／線は改行）など出典不明の句が数句含まれているが、それ以外は全て「旗艦」に寄稿した句が時系列でまとめられている。したがって、これらの句は、十五年三月四日に広島市府中町の義姉の家（妻清の姉の家の松野家で、清も潤子もそこに住んでいた）に帰った以後、月末までの期間に「戦中俳句日記」に転記した可能性がある。

では、どこから転記したのだろうか。「旗艦」から転記した可能性は高い。出征中、戦地の赤黄男の元に「旗艦」は軍事郵便で送付されていたが、その中で赤黄男の句が載ったのは八冊だけである。それを持ち帰ることは可能であろう。あるいは、義姉の家に帰った三月には大阪の「旗艦」発行人の水谷砕壺を訪ねているので、砕壺から借りたことも十分考えられる。

次の可能性は、十四年二月十一日付で砕壺に送った「戦信」（「旗艦」昭14・4）に「俳句もお恥かしい次第でまとまつたものが出来ず、気持が忙しいのでいつも荒削りのまゝノートに書き放つしてゐるしまつです」とあるので、そのノートからの転記である。さらに、赤黄男と同じ「旗艦」の俳人片山桃史は十二年七月二十八日（八月二十一日とも）に天保山（大阪港）から北支に出征する際、小さな「皇軍戦線日記」という手帖を所持していたので、赤黄男も同様の手帖に記した句から転記した可能性も皆無とは言えない。

「戦中俳句日記」の俳句や文章を、『天の狼』・『蛇の笛』（第二句集・昭27）・「旗艦」・「琥珀」（「旗艦」の後身）・赤黄男の書簡・日中戦争史などの資料を参照して考察すると、『天の狼』や『蛇の笛』という句集だけでは見えてこない興味深い事柄が見えてくる。以下、「戦中俳句日記」を紹介しながら、それらの事柄を考察していこう。

一　赤黄男はいつ、どこを転戦したのか

1　上海の戦闘

「戦中俳句日記」の冒頭句は、

憂々とゆき憂々と征くばかり

この句は「旗艦」（昭12・11）に「征途」の詞書付きで「憂々とゆき憂々とゆくばかり」の表記で載っている。「戦中俳句日記」に転記するとき、「ゆく」を「征く」に改めたのである（なぜ表記を改定したのかは次章で考察）。『天の狼』では「征く」の表記を採用している。制作寄稿日と「旗艦」発行日のタイムラグを約一ヶ月と看做すと、制作寄稿日は昭和十二年十月初め頃となる。『定本・富澤赤黄男句集』（定本・富澤赤黄男句集刊行会、昭40・11）の「年譜」をはじめ各種の「年譜」は赤黄男の出征日を「11月、中支へ出征」としているが、これはこの出征句（「憂々と」の句）が「旗艦」の十一月号に載ったことを根拠にして、タイムラグを考慮しない誤りであろう。タイムラグを考慮すれば、実際の出征は九月十三日に動員令が下ってから二週間ほど後の十月初め頃と推測できる。赤黄男の妻清が赤黄男の友人新井哲夫宛に九月二十六日に出した郵便はがきでは、赤黄男はまだ香川県善通寺の工兵部隊に留まっていることが分かる。

ちなみに、赤黄男が中国各地の転戦先で作った句は、全て軍事郵便で「旗艦」編集人である大阪の水谷砕壺のもとに送られ、それが「旗艦」に掲載されたのである。

赤黄男は九月十三日に上海派遣軍の動員令で香川県善通寺の工兵隊に入隊、妻清と潤子は妻の実家である愛媛県喜多郡内子町の菊池シナ方に移る。清が九月二十六日に新井哲夫に宛てた郵便はがきには、

主人は此の度本月（注・九月）十三日動員参り善通寺へ入隊致しました（略）

善通寺町工兵第十一連隊ヒノ一

金守部隊　　富澤少尉

右の所でございます。

とある。受取人の新井哲夫の住所は「前橋市上越線群馬總社駅前／群馬總社合同運送店内」とある。新井哲

夫は赤黄男が大正十五年、国際通運（のち「日本通運」）に入社したときの同僚で、赤黄男との友人関係は赤黄男の晩年まで続く。「戦中俳句日記」にも『天の狼』の寄贈先の一人として名前が記されている。

ところで、赤黄男が入隊した「工兵第十一連隊ヒノ一金守部隊」の「ヒノ一」とは何か。これは高橋龍が読み解いたように、後備役工兵第一中隊の略称である（高橋龍「「富澤赤黄男資料」〈『鬣』34号〉の読み方」―「夢幻航海」第76号）。昭和十二年九月十一日の「臨参命第百一号」の「上海派遣軍戦闘序列」の「別表上海派遣軍直属兵站部隊」には「第十一師団後備工兵第一中隊」が所属（『支那事変陸軍作戦〈1〉』防衛庁防衛研修所戦史室著・朝雲新聞社・昭50）。その中隊長は金守伊三郎工兵大尉。「兵站部隊」とは作戦軍のために、後方にあって連絡・交通を確保し、車両・軍需品の前送・補給・修理などを行う部隊である。

一般の兵役年限は満二十歳で入隊し、現役（二年）→予備役（五年四ヶ月）→後備役（十年）。したがって満二十八歳以上が後備役というのが一般的で、赤黄男は昭和八年から後備役に編入され、動員時に三十五歳だった。また、赤黄男は大正十五年、現役入隊時（広島工兵隊）に「一年志願兵」を選んだため、翌年の除隊時には工兵少尉（少尉以上の階級は将校）に任官した（昭和十三年十一月中尉に昇進）。金守伊三郎後備工兵大尉は昭和十二年の動員時、五十一歳であった。つまり、金守部隊は現役中心の精鋭部隊ではなく、後備役中心のいわばロートル部隊であった。ちなみに、赤黄男は転戦中、常に金守部隊に所属していた。

片山桃史（「旗艦」の俳人で、句集『北方兵団』で知られる）に出征前、「思ひ切り支那兵をぶつた斬る」と公言していた赤黄男。その出征句「憂々と」の句からは、大地を踏んで行進する軍靴の硬く鋭い響きに絞った単一表現により、一将校としてひたすら軍命に殉じて征くという強い軍人的士気が伝わってくる。その善通寺での出陣後、善通寺の北方の多度津《たどつ》港から乗船、広島の宇品《うじな》港で軍需物資を積み込み、上海に向かった。金守部隊が揚子江岸上海周辺のどこに上陸し、その後上海ないし上海周辺のどこで兵站活動に従事したかを示す資料は見当たらない。

上海派遣軍は縦横に走るクリーク（水濠）や堅固なトーチカ（コンクリートで堅固に構築した防御陣地）や煉瓦家屋を利用した中国軍の抵抗に苦戦を強いられたが、十一月五日、新編成の第十軍が杭州湾に上陸。同十一日には第三師団が上海南市を掃討するに至り、上海方面中国軍は総退却に移った。日本軍が苦戦した一因には、参謀本部が対ソ戦用に現役兵主体の「常設師団」を温存し、後備役主体の「特設師団」を先に動員したこともあるという（藤原彰『昭和の歴史』第5巻「日中全面戦争」・小学館・昭57）。

2　南京作戦

落日をゆく
落日をゆく
真紅い中隊

この三行書きの句は戦地で詠まれた最初の句。「旗艦」（昭13・8）では「戦信」として「落日をゆく落日をゆく真赤《あか》い中隊」の表記。俳句だけでなく詩も書いていた赤黄男は「戦中俳句日記」に記すときに、リズムとともにイメージをより鮮明にするために三行表記にしたとも考えられる。

この句は昭和十三年一月十日付で新井哲夫に宛てた封書（軍事郵便）の中に「落日をゆく落日をゆく赫い中隊」として記されている。そして、その封書の文面には、

十一月二十六日附貴信拝誦。
只今南京にゐます。昭和十三年元旦を敵国の首都で迎へました。感無量!!

出征以来四ヶ月各地を転戦して、こゝに来ました
筆舌に絶するものが多々あります。（略）
友田恭介《ママ》も戦死した。おしいことです。
林フ《ママ》美子が、早くもこゝに慰問にきてゐました。（略）
戦争はこれからです。やります。

とある。「出征以来四ヶ月」とは動員令の下った九月十三日から起算したものであろう。「友田恭助」は新劇俳優。大正十三年、小山内薫らと築地小劇場を創設。翌年、女優田村秋子と結婚。昭和十二年九月岸田国士らと文学座を創立するが、同月二十日、応召して赤羽工兵隊に入隊。上海派遣軍として出征、十月六日上海郊外の呉淞《ウースン》クリークの敵前渡河で戦死。友田の戦死は西条八十の長編の追悼詩「呉淞クリークのほとりに立ちて」に詠まれたり、日活映画『敵前渡河　噫！　友田伍長』として上映（昭13・2）されたりして、広く知られた。赤黄男と同じ時期に上海派遣軍として出征し、同じく工兵でもあったので、友田の死は赤黄男の胸に深く刻まれたであろう。「林芙美子」は毎日新聞特派員として十二年十二月三十一日から翌年一月二日までの三日間南京に滞在。赤黄男も同時期南京で正月を迎えたが、林芙美子と会うことはなかった。ちなみに、林芙美子はこの南京視察旅行で「まるで、神様のやうに日本の兵隊は強いと思つた。」（「南京まで」―「主婦之友」昭13・3）、「皇軍の働きは、これはもう全く神がゝりでせうか。」（「私の従軍日記」―「婦人公論」昭13・3）など、戦意高揚、皇軍賛美の文章を書き、後に「虐殺を知らない従軍記者」（川本三郎『林芙美子の昭和』―新書館、平15・2）と批判された。

この封書に記された赤黄男の所属部隊名は「上海派遣松井本部隊気付金守部隊」。「上海派遣松井本部隊」とは中支那方面軍司令官兼上海派遣軍司令官松井石根大将の名を冠した司令部。この「落日をゆく」の句は、十一月中旬の上海占領から十二月十三日の南京占領までの転戦の中で作られたものと思われる。封書の発信

日、受信日から判断すると、軍事郵便が届くのに約一ヶ月と看做すと、約一ヶ月半。俳誌発行日まで一ヶ月と看做すと、赤黄男がこの句を砕壺に送ったのは日本軍が徐州を占領した昭和十三年五月二十日頃となる。この句は「旗艦」に「発表当時もっとも世評の高かった」（高柳重信「富澤赤黄男ノート」―『富澤赤黄男全句集』林檎屋・昭51）ものだと言う。しかし、赤黄男はこの句を『天の狼』に収録しなかった（その理由は次章で考察）。

中国軍が上海から退却したため、各師団は争って追撃に移り、上海派遣軍は揚子江の南側を西進し、第十軍は太湖の南側から北西に進軍し、それぞれ南京攻略を目指した。十二月十三日、南京占領。金守部隊は上海派遣軍に所属していたが、どういう経路で、どの師団の後方で兵站活動に従っていたかを示す資料は見当たらない。しかし、各師団の南京への進路図から推測すると、第九・第十六師団のいずれかの後方で兵站活動に従ったものと推測される。

ちなみに、赤黄男が南京城内で元旦を迎えたと

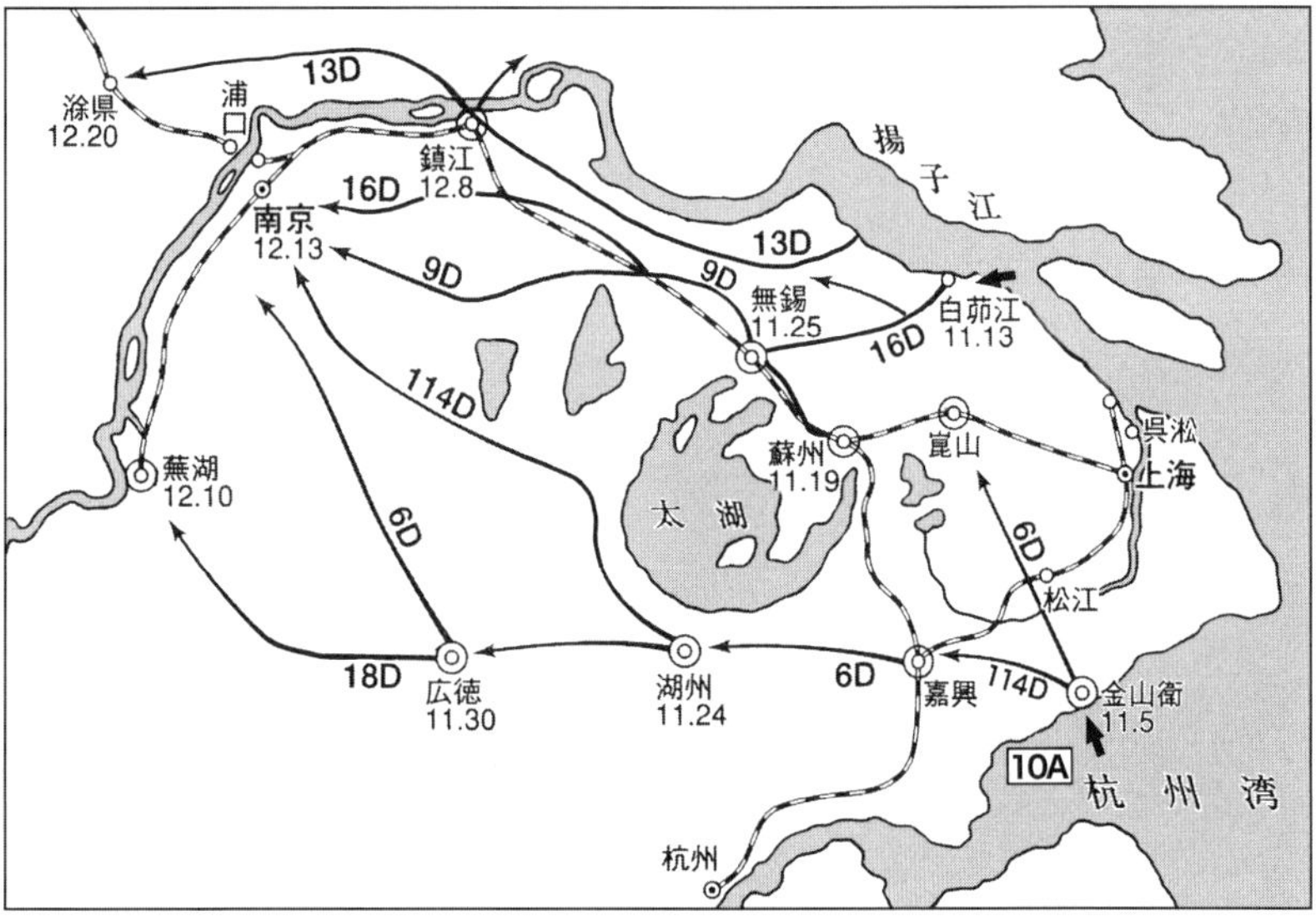

上海・南京作戦要図　　Aは軍、Dは師団を表す

き、「ホトトギス」の長谷川素逝（本名直次郎・句集『砲車』で知られる）も、悪名高い「南京大虐殺事件」を起こした第十六師団（北支那派遣軍より上海派遣軍に編入された師団）の砲兵少尉として同じ城内にいたのだった。

3　徐州作戦

麦とがり、とがり（尖り）
徐州は　遠からず

○

人も
馬も
砲車も
麦の穂も　尖《とが》る（烈風）

注・（　）内は改作。

「徐州は　遠からず」から、徐州に進攻する途上の句だと分かる。徐州は津浦《しんぽ》線と隴海《ろうかい》線の交差点にある都市で、北支と中支を連絡する要衝の地。徐州作戦は、北支方面軍（第二軍）と中支派遣軍が北と南から進撃し、中国軍を包囲し、その主戦力を撃滅しようとするものであった。火野葦平（中支派遣軍報道部員）の『麦と兵隊』（昭13）に描かれたように、果てしなく続く炎熱の麦畑の中を各師団は先陣を争って進撃。五月十九日、徐州を占領した。

中支派遣軍の徐州作戦参加部隊は五師団（第3・第6の坂井支隊・第9・第13・第101の佐藤支隊）。赤黄男は中支派遣軍直属兵站部隊の第十一師団後備工兵第一中隊金守部隊に所属。金守部隊がどういう経路で、どの師団の後方で兵站活動に従っていたかを示す資料は見当たらない。しかし、「徐州は遠からず」という表現と、参加五師団の徐州への進路から推測すると、第3・9・13のいずれかの師団の後方で兵站活動に従っていたものと推測される。

この「麦とがり」と「人も／馬も」の二句は「徐州遠からず」のフレーズから推測して、五月中旬頃の作と思われる。「旗艦」(昭14・1)には「麦とがり尖り徐州は遠からず」「人も馬も砲車も麦の穂も昏るる」とあり、また、「武漢陥落」を詠んだ句も含まれているので、それらとまとめて十月末頃に水谷砕壺宛に送ったと思われる。

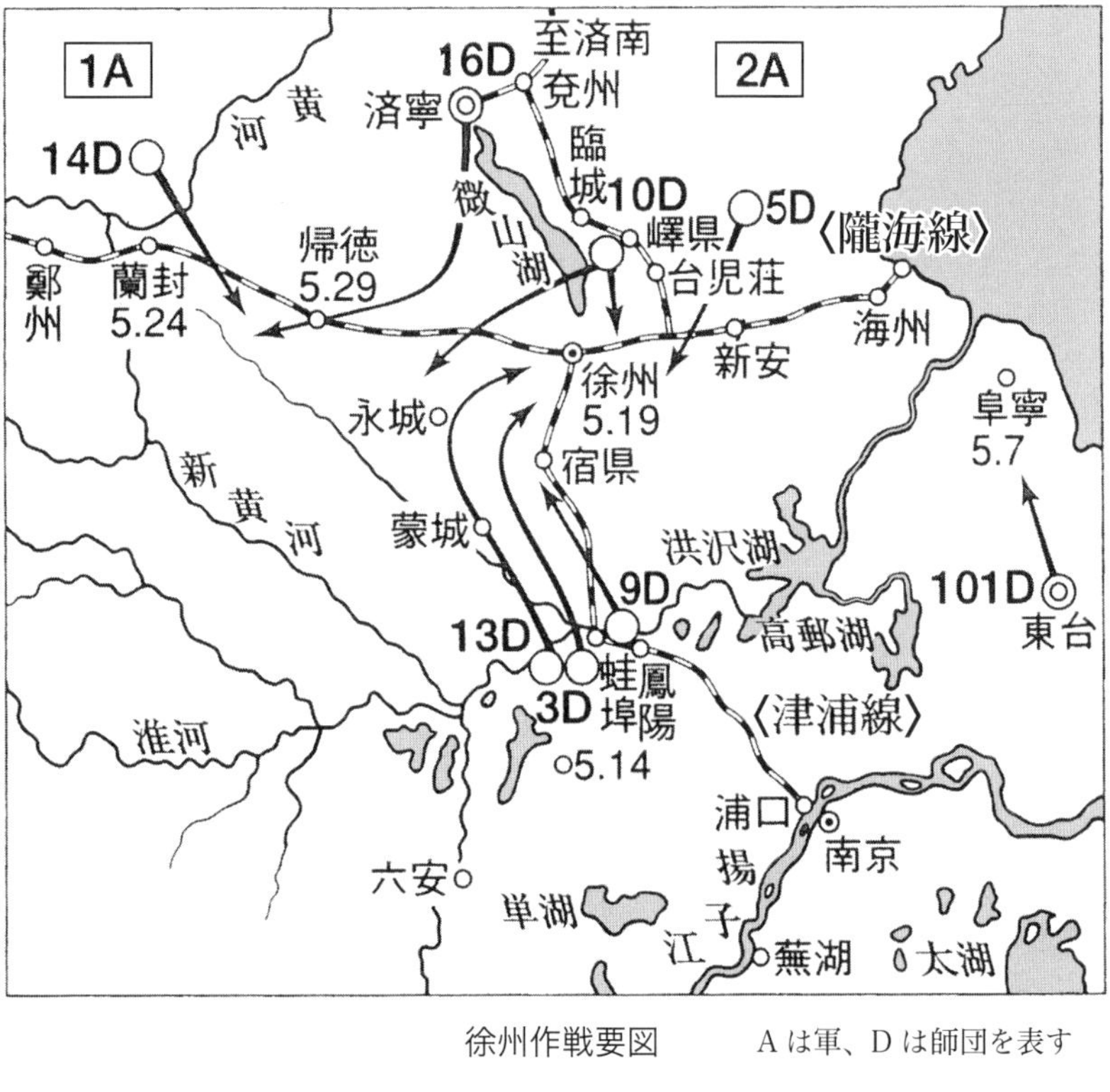

徐州作戦要図　　　A は軍、D は師団を表す

ちなみに、「人も／馬も」の句の直後には、

◎

風白く
便衣隊《くせもの》は
藍く縛らるる

◎

捕虜を斬る
キラリキラリと
水ひかる

◎

サンサンと
陽のこぼれくる
捕虜を斬る

という衝撃的な三句が記されている。この三句も徐州へ進攻する途上での作かもしれない。この三句は「旗艦」（昭14・3）では一行表記で掲載されている。

『ランプ』

—潤子よお父さんは小さい支那のランプを拾つたよ—

落日に支那のランプのホヤを拭く
やがてランプに戦場のふかい闇がくるぞ

灯はちさし生きてゐるわが影はふとし
靴音がコツリコツリとあるランプ
銃声がポツンポツンとあるランプ
灯をともし潤子のやうな小さいランプ
このランプちいさけれどものを思はすよ
藁に醒めちさきつめたきランプなり

この「ランプ」の連作は詩情豊かで、愛娘を思う父情に溢れた絶唱。昭和十三年七月二日付の新井哲夫宛封書（軍事郵便）に、「今土間に藁を布いて寝てゐます」とあるので、夜営などでは藁に寝ることも多かったのであろう。赤黄男の所属名は「上海河辺部隊本部気付金守部隊ヒの一」となっているが、中支派遣軍の編成はこの封書が書かれた二日後の昭和十三年七月四日に改定され、北支那方面軍から転属された第二軍（司令官・東久邇宮稔彦王中将）と新設の第十一軍（司令官・岡村寧次中将）が編入された。中支那派遣軍の総司令官は畑俊六大将、参謀長は河辺正三郎少将。赤黄男は第十一軍直属兵站部隊の第十一師団後備工兵第一中隊金守部隊に所属した。

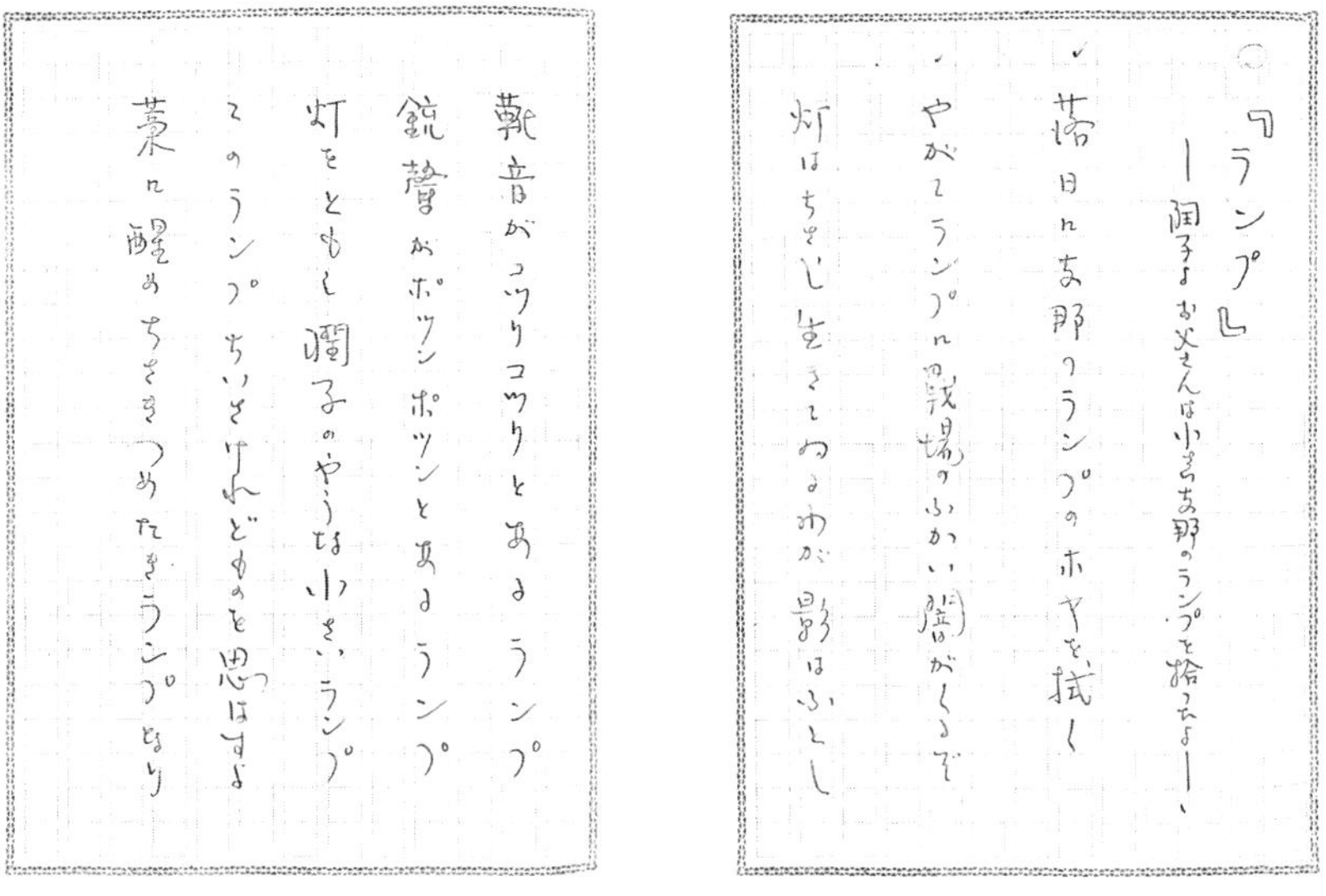
『ランプ』
—潤子よお父さんは小さい支那のランプを拾ったよ—、
落日に支那のランプのホヤを拭く
やがてランプに戦場のふかい闇がくるぞ
灯はちさし生きてゐるわが影はふとし
靴音がコツリコツリとあるランプ
銃声がポツンポツンとあるランプ
灯をともし潤子のやうな小さいランプ
このランプちいさけれどものを思はすよ
藁に醒めちさきつめたきランプなり

連作『ランプ』の原稿（「富澤赤黄男戦中俳句日記」）

「ランプ」の句は徐州の句の前に記されており、「旗艦」（昭14・1）に載っているので、南京から徐州に進撃する途上の作で、十月中旬頃に砕壺宛に郵送したと思われる。

4　武漢作戦

武漢三鎮（揚子江に漢水が合流する地点に川を隔てて向かい合う武昌・漢口・漢陽の三都市）は揚子江中流の中心地で、南京陥落後、一時国民政府の主要機関が置かれていた。

武漢作戦は、中支那派遣軍の下に新たに第十一軍を編成し、五個師団半（第6・9・27・101・106の各師団と波田支隊）の兵力で、揚子江両岸を西進する作戦と、北支那方面軍から編入した第二軍の四個師団（第3・10・13・16の各師団）の兵力で、大別山脈の北方を西進して南下する作戦という両面作戦がとられた。

後に引用する「戦中俳句日記」の赤黄男の俳句以外で、武漢へ進攻する金守部隊の進攻経路を示す資料は二点ある。一つは広島市外府中町石井城の松野家（清の姉の家）に潤子と共に寄宿していた清から昭和十三年十月五日付で前橋市国領町の新井哲夫に宛てた封書。その文面には、

戦地の富沢よりも八月末日に来信ありましたた《ママ》からしばらく便りもございませんでしたが一ヶ月振りに参りました　〇〇ばかりにて何処に居りますかはつきり分りませんが揚子江をたつて漢口方面へ進撃して居りました筈でございます　先日の便りでは有名な山のふもとに宿営してゐると書いて居りました（略）中支派遣軍呂集団千田部隊本部気付　金守部隊、となつて居ります

とある。

もう一つは、『一億人の昭和史　日本の戦史 4　日中戦争 2』（毎日新聞社・昭54）の「しのび寄る秋の廬

山戦」において、「廬山の東麓を進む金守部隊（8月27日　星子付近）」の写真一枚（車両を連ねて進む金守部隊）と、「星子攻略後　第一〇一師団の進撃は廬山南方の山岳陣地にはばまれた」として、「東孤嶺山頂から西孤嶺を攻撃中の第一四九連隊」（8月中旬）の写真一枚が掲載されていることである。

廬山の東麓を進む金守部隊（8月27日 星子付近）
毎日新聞社提供

第十一軍（司令官・岡村寧次中将）に所属する第一〇一師団（団長・伊東政喜中将）は後備兵主体の「特設師団」（上海戦線の呉淞《ウースン》クリークの戦闘で加納連隊長や新劇俳優友田恭助が戦死したことで知られる師団）で、武漢作戦では昭和十三年八月十二日、星子付近を攻略し、次いで隘口街《あいこうがい》付近に進出して、徳安に向かうよう命令が下った。同月二十一日、佐藤支隊が星子を攻略し、その後、第一〇一師団主力による廬山戦が展開する（『第百一師団長日誌　伊東政喜中将の日中戦争』―中央公論新社・平19）。「廬山の東麓を進む金守部隊（8・27日　星子付近）」の写真は、星子を攻略した後、廬山戦を展開する第一〇一師団の後方にあって兵站活動を行う金守部隊と看做せよう。また、清の書簡にある「先日の便りでは有名な山のふもとに宿営してゐると書いて居りました」という文面の「有名な山」とは、「帰去来辞」の詩人陶淵明（陶潜）の故郷近くの名山「廬山」と看做せよう。「先日の便り」の「先日」とは、文脈では「八月末日」と読み取れるが、それだと軍事郵便の到着日数と廬山戦のタイムラグを計算に入れないことになるので、「九月末日」と読み取るべきだろう。

また、清の書簡では赤黄男の所属部隊は「中支派遣軍呂集団千田部隊本部気付　金守部隊」とある。「呂集団」とは何か。これは昭和十三年七月四日に中支那派遣軍が改定され、新設された「第十一軍」の秘匿名（暗号）である。ちなみに、中支那派遣軍を「伊」集団、北支那派遣軍を「甲」集団、第一軍を「乙」集団、第二軍を「丙」集団という秘匿名で呼んだ（『支那事変陸軍作戦〈2〉』防衛庁防衛研修所戦史室著・朝雲新聞社・昭51）。「千田部隊」の「千田」という人物については不詳である。「廬山の東麓を進む金守部隊」の写真からは、金守部隊は第一〇一師団に所属する兵站部隊のようにみえるが、実際は第十一軍直属の兵站部隊の第十一師団後備工兵第一中隊金守部隊である。

廬山の東側から攻撃を行った第一〇一師団は廬山山系の険しい岩山に陣地を張る中国軍の激しい抵抗により多くの兵力を失い、星子攻略から一ヶ月半以上経った十月九日にようやく隘口街を占領した。同月二十七日には目的地の徳安を占領した。

盧山戦が進捗しない状況を知った第十一軍は、第九・第二十七師団と波田支隊を西進させる作戦を展開し、九月十五日には漢口防衛の拠点馬頭鎮を占領した。

では金守部隊はどういう経路を進んだのか。先に引用した清の書簡に「揚子江をつたつて漢口方面へ進撃して居りました筈でございます」とあったように、盧山戦の後、第一〇一師団の後方から隘口街に向かったのではなく、盧山の南側から西進し、揚子江の南側を漢口方面に進んだものと推測される。第十一軍の各師団の漢口への進路図から推測すると、波田支隊の後方から兵站活動に従ったものと推測される。

漢口攻略は揚子江の北側から進撃した第六師団が、十月二十五日漢口東端に進攻、翌二十六日に日本軍は漢口を占領した。

武漢つひに陥つ
―われなほ生きてあり―

眼底に塹壕匍へり赤く匍へり
耳底に紅い機銃を一つ秘む
網膜にはりつひ《ママ》てゐる泥濘なり
胸底に灰色の砲車くつがへる
めつむれば虚空を赤き馬おどる
掌が白い武漢の地図となれる
吾はなほ生きてあり山河目にうるむ

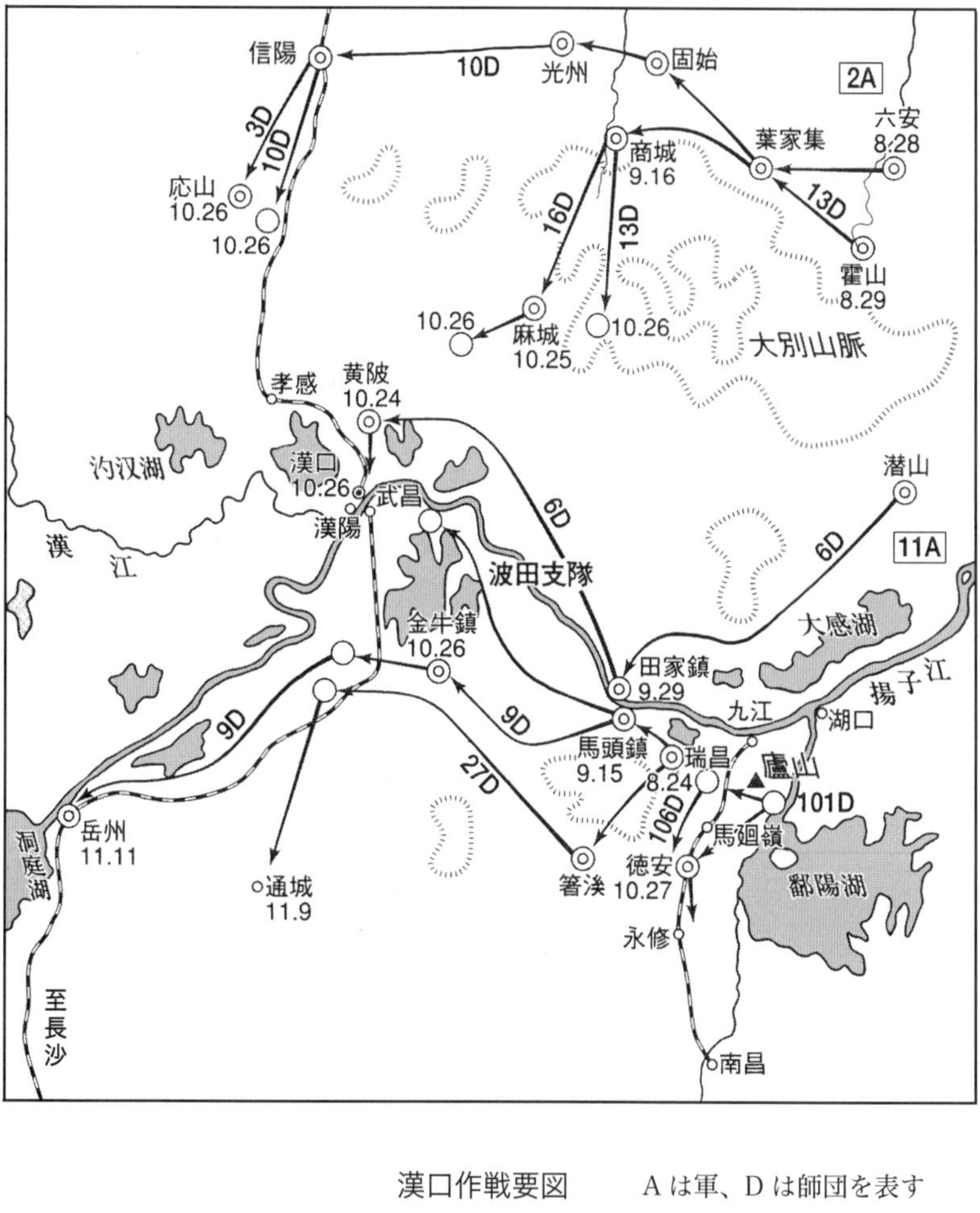

漢口作戦要図　　A は軍、D は師団を表す

漢口陥落の報やその現実に接し、ここに至るまでの激戦、苦闘の様々な出来事、光景が心象として甦る。感覚器官に深く刻まれた一つ一つの激戦の光景の表現が特徴的である。「吾はなほ生きてあり山河目にうるむ」という最後の句が、その感慨を物語る。

『空中戦』

湖はしんしんとある空中戦
灼熱の地はとろとろと空中戦
日向葵《ママ》の貌らんらんと空中戦
罌粟の花うつうつとある空中戦
炎々と人馬地に焦げ空中戦

「湖はしんしんとある」という湖の把握、「灼熱の地はとろとろと」という灼熱の地の把握が、それぞれ「空中戦」の緊迫感を高めている。漢口付近の攻防では、日本海軍航空隊の九六式陸上攻撃機と中国機とがしばしば激しい空中戦を演じていた。「湖」は漢口周辺の湖。

『塞山寺《ママ》』

鐘つけば春雨の音鐘の音
壁くらく「月落」の詩にゆきあたる
石ずりの墨のにほひのあまき雨
雨ほそし魚板の魚は瞳をつむる

『塞山寺』は「寒山寺」の誤記（「戦中俳句日記」は私的な日記なので誤字はかなりある）。「寒山寺」といえば、張継の「楓橋夜泊」の詩（七言絶句）の転句「姑蘇城外の寒山寺」で有名な蘇州の寒山寺が思い浮かぶ。そのため、従来、赤黄男の「寒山寺」の句も、蘇州の「寒山寺」を詠んだものと解釈されてきた。しかし、今回、「戦中俳句日記」の赤黄男の転戦経路から武漢市新州にある「寒山寺」であることが判明した。二句目の、

　壁くらく「月落」の詩にゆきあたる

の「月落」とは「楓橋夜泊」の起句「月落ち烏啼いて霜天に満つ」の引用なので、この二つの「寒山寺」は唐代の僧寒山の縁でつながりのある寺と思われる。

昭和十三年十二月十二日付の赤黄男から新井哲夫宛郵便はがき（軍事郵便）には、

「本日「改造」有難う存じます。
前に　麦と兵隊　を読みたい
と思つて大阪の友人へ頼んであつ
たのでした。感謝します。
武漢三鎮もばたばたとゆ
きました。

とある。赤黄男の所属部隊は「中支那呂集団気付金守部隊」となっている。なお、火野葦平の「麦と兵隊」三百枚が一挙に掲載されたのは「改造」八月号である。軍事郵便で赤黄男の元に届くのに四ヶ月以上かかっている。

5　武漢占領後の金守部隊

武漢占領後、赤黄男の所属する金守部隊はどこへ向かったのか。それを追尋するヒントとなるのは、その後の「戦中俳句日記」と、大本営の作戦の指示である。大本営は武漢占領後、十月二十六日、「武漢地方攻略ノ終末ハ概ネ信陽・岳州・徳安付近を限界トスベキ」旨を指示。この指示に従って第十一軍の第九師団は揚子江の東側を南下し、十一月十一日に洞庭湖の北東端の岳州を占領した。

他方、「戦中俳句日記」には「寒山寺」の俳句の後に、

山鳩ないて戦場ふかくきたれるかな

や、「江岸要塞図」と題する、

要塞に烟と瓜の蔓からまり

江光り艦現実を溯る

など六句が記されている。これらのヒントと、第九師団が岳州に向かった進路図（漢口作戦要図を参照）から推測すると、金守部隊は武漢占領後、第九師団の後方から兵站活動に従いながら、揚子江の東側を南西に進み、岳州に至り、さらに、長沙方面へ南下した可能性が高い。

昭和十四年一月十六日付の赤黄男から新井哲夫宛郵便はがき（軍事郵便）には、

無事帰れたらめつけもの
です。帰れたら上京したいと
思つてゐます。

とある。赤黄男の部隊名は「中支那岡村部隊千田部隊気付金守部隊」。これが現在確認されている戦地から

の赤黄男の最後の書簡である。十四年一月十六日という日付から長沙方面から発信したものと思われる。

その後の赤黄男については、『定本・富澤赤黄男句集』（昭40）の「年譜」では昭和十五年の冒頭に「マラリヤにて中支野戦病院へ入院、転送になり、小倉陸軍病院へ帰還、ただちに善通寺の病院へ転送となる。」とある。これは昭和十五年二月のことである。また、同「年譜」には「3月4日、帰郷療養を許され広島市府中町へ帰る。」とある。「府中町」の松野家（清の姉の家）には妻と娘の潤子が寄宿しており、赤黄男は無事家族の元へ帰ったのである。

二　俳句弾圧を回避するため『天の狼』に収録しなかった句と、表記を改変した句

句集『天の狼』（昭16・8）に収録する句の自選作業は、「戦中俳句日記」の句を元に昭和十六年五月下旬から六月末にかけて行われた。両者を読み比べると、純粋な文学的自選基準だけでなく、時局を慮って収録を回避したり、表記の改変をせざるをえなかったりなど、閉塞の時代状況が炙り出されてくる。すでに昭和十五年には「京大俳句」弾圧事件や、大政翼賛会の思想統制が断行され、国民に聖戦遂行の戦意高揚が強く求められていた。

では、どんな句が、なぜ回避され、消えたのか。

落日をゆく落日をゆく真赤《あか》い中隊
鶏頭のやうな手をあげ戦死《し》んでゆけり
泥濘の昏迷を匍ふ毛虫となり
花が咲き鳥が囀り戦死せり
人多く死にたる丘の風と鳥
蒼々と死を研ぎすませ二日月
赤い土ほろほろと髣馬埋りゆく
赤い土こぼるれど髣馬めつむらぬ

「落日をゆく」の句は韻律とイメージが融合した印象鮮明な秀句。高柳重信は「発表当時もっとも世評の高かった「落日をゆく落日をゆく真赤い中隊」は、なぜか除かれてしまうのである」（林檎屋版『富澤赤黄男全句集』所収の「富澤赤黄男ノート」）と書き、削除の理由には言及していない。削除の理由は、秀句ではあっても、「落日をゆく真赤《あか》い中隊」は戦意高揚とは逆のイメージだからである。「赤い夕日に照らされて／友は野末《のずえ》の石の下」（軍歌「戦友」）にも通じる。しかも、赤黄男は工兵少尉（昭和十三年に中尉に昇進）で将校という立場でもあったから削除意識が働いたのは当然であったろう。「鶏頭の」の句以下は戦死や悪戦で、戦意高揚とは真逆の句。ちなみに、「鶏頭の」の句から「人多く」の句までの四句は、時局が強いる戦意高揚という縛りがなくなった戦後の再版『天の狼』（天の狼刊行会・昭26）には収録されることになった。

捕虜を斬るキラリキラリと水ひかる
サンサンと陽のこぼれくる捕虜を斬る

捕虜を斬首する際の軍刀がキラリキラリと陽を反射するとともに、軍刀を伝う水もキラリキラリと光を反射する恐ろしい一瞬。「ランプ」の句を詠んだ赤黄男がこうした句を詠んだこと、そしてその句に異常な迫真力があることに強い衝撃を覚える。高原耕治はこの句の根底には戦場体験で覚醒した「非常に冷静な理知」があると言う（『絶巓のアポリア』―沖積舎・平25）。太平洋戦争末期に横須賀海兵団に入隊し、「白き俘虜と心を交はし言交はさず」と詠んだ渡辺白泉とは精神構造が隔絶している。この句は非人道性を慮り、収録を控えたのであろう。

　犬《いぬ》肉を啖《く》ひわれら政治のことは知らず

これらは反人倫的な行為や政治的批判性を慮っての収録回避であろう。
次に『天の狼』に収録するに際しての表記の改変。

　ある戦場
　困憊の日輪をころがしてゐる戦場
　一木の絶望の木に月あがるや
　蒼茫と風の彼方へ死にゝゆく

『現代俳句』第三巻（河出書房、昭15・6）所収の赤黄男の俳句集「魚の骨」には表題と最初の二句は同じ表記で収録されている。ところが、『天の狼』（昭16・8）では表題を「ある地形」と改変し、つづく三句も次のように改変した。

　困憊の日輪をころがしてゐる傾斜
　一木の凄絶の木に月あがるや
　蒼茫と風の彼方に雲あつまり

赤黄男はなぜ表記を改変したのか。いや、改変しなければならなかったのか。それは戦意高揚とは真逆な戦場詠をカムフラージュして俳句弾圧を回避するためだった。その背景には昭和十五年から十六年にかけての急激な思想統制の強化や、その国家的掣肘権力が俳壇にも直接及んだということがあった。俳壇では、昭和十五年に三次にわたる特高（特別高等警察）による「京大俳句」弾圧事件があり、「天の川」と「旗艦」も弾圧を回避するため転向宣言をせざるをえなくなっていた。翌十六年二月には「土上」「広場」「俳句生活」「日本俳句」という新興俳句およびプロレタリア俳句の四誌が一斉に弾圧された。「魚の骨」から『天の狼』への一年間の経過の中で、俳句弾圧を回避するための表記の改変をせざるをえないほど、時代の閉塞は強まったのである。

第一章で引用した「武漢つひに陥つ」の中の、

めつむれば虚空を赤き馬おどる

の「赤き」を「黒き」と改変したのも、血みどろの馬のイメージが戦意高揚に悖るからであろう。逆に、冒頭で引用した「憂々とゆき憂々と征くばかり」の表記は「旗艦」（昭12・11）の「憂々とゆき憂々とゆくばかり」の表記よりも戦意高揚にフィットするので、『天の狼』では「征く」の表記の句を収録したのである。

赤黄男の「憂々と」の句の表記の改変と逆なのが、西東三鬼の、

兵隊が征くまつ黒い汽車に乗り

である。この句は「京大俳句」昭和十二年八月号に掲載されたもので、日中戦争（支那事変）勃発（昭12・7・7）直後に出征の光景を詠んだもの。三鬼はこの句を第一句集『旗』（三省堂、昭15・3）へ収録するとき、

兵隊がゆくまつ黒い汽車に乗り

と、「征く」の表記を「ゆく」へと改変した。真黒い汽車に乗って出征する兵隊たちのイメージが、彼らの未来の死を連想させるので、三鬼は弾圧を回避するために「ゆく」と改変することで出征場面をカムフラージュしたのである。

三　赤黄男の西東三鬼像

「戦中俳句日記」の昭和十五年九月四日には、

西東三鬼もいつたらしい、安住君の話で知つたが。あの男にはどうも親しめないものがあるやうだ。

とある。「いつた」とは検挙されたという意味（注・特高に検挙され、京都に連行された）。「安住君」とは「旗艦」同人の安住敦（昭和十四年までは「安住あつし」の俳号）。昭和十一年九月に篠原鳳作が亡くなったとき、赤黄男は、「つとに氏と白泉と三鬼を心の相手として来た僕にはたまらなく寂寥を感ずる」（句日記「佝僂の芸術」）と記した。そのときの三鬼像とは大きく変わっている。

それには三つの事情、背景がある。一つは俳壇的に行動する三鬼に対し、赤黄男は孤高を保つという根本的な性格の違い。二つ目は、昭和十五年、「京大俳句」弾圧事件で平畑静塔・渡辺白泉・石橋辰之助ら主要俳人十四人が検挙されたのに、三鬼だけがいつまでも検挙されず、スパイの噂が立ったこと。三つ目は、白泉が京都五条署に勾留されていたとき、三鬼は白泉の父親の家を訪れ、白泉の釈放工作という名目で寸借詐欺を働き、それが俳人間に知れ渡ったこと。

四谷に借家住まいしていた赤黄男の元にも、こうした三鬼の悪い噂は伝わっていただろう。三鬼は八月三十一日（土）に検挙されたが、その情報が俳人間に早く伝わったのは、そうした事情からである。

ちなみに、赤黄男と三鬼は終生お互いの俳句を認めなかった、という。高柳重信によれば、要するに「三鬼は古い」（赤黄男）、「赤黄男は現代詩の真似だ」（三鬼）ということだった、という。

一人だけ検挙されない三鬼は不安がつのり、「広場」の俳人で、弁護士の湊楊一郎に、一緒に京都に行き実情を調べてくれと頼み、二人は京都に行った。三鬼が検挙される数日前の晩夏のころである。その折、三鬼は五条署の白泉に会いに行くが、実家からの便りで三鬼の寸借詐欺を知っていた白泉は不愉快で会おうとはしなかった。白泉はそのことをはっきり書き遺している。

夏の終りかけた、五条署の取調室で、中西という特高係の警部（三鬼が検挙され京都松原署に勾留されたとき、三鬼の取り調べを担当した高田警部補の上司）が、

「白泉、三鬼が来ているぞ。君に逢いたいと言つているが、逢うか。」

と言いかけて来た。わたくしは自家の方からの便りで三鬼に対して不愉快な心の状態だったので、その申し出を断わつた（「好日」昭43・11）。

昭和十五年五月三日に検挙された白泉は同年九月二十一日に起訴猶予となり、釈放された。その後十九年六月、応召、横須賀海兵団に入団（兵科は水兵）。釈放時に執筆禁止を言い渡されていたが、兵役に従う中で密かに俳句を作り続けた。その中に三鬼を揶揄した痛烈な句も詠んでいる。

大盥《オスタップ》・ベンデル・三鬼・地獄《ヘル》・横団

この句は白泉と三鬼の関係を示すだけでなく、後に触れるように、表現方法の上でも赤黄男と通じる重要な句なので、詳しく読み解いておこう。この句の方法的先駆者は高屋窓秋である。窓秋は、昭和七年、

我が思ふ白い青空と落葉ふる

頭の中で白い夏野となつてゐる

など、「言葉が言葉を生み、文字が文字を呼ぶ」という文字やイメージを発想の起点として次々と連想を展開するブレーンストーミング（脳の攪拌）という独創的な方法によってオリジナルな表現を生み出していた。

この白泉の句は、方法的には、そのブレーンストーミングの方法を俳句作品によって示したメタ俳句（俳句について考える俳句）。内容的には、海軍という真空地帯の恐るべきウルトラヒエラルヒーの内部構造を、その内部から抉り出した凄い句なのだ。

だが、この白泉のブレーンストーミングを追い駆けて追体験できる人は、白泉と同世代の俳人がいない現在では、きわめて少ないだろう。いや、この句が作られた当時においても、この句を読み解けた人はほとんどいなかっただろう。この句の追体験、読み解きには当時の海軍の生活と、翻訳小説という二つの補助線を引いてみなければならない。前者の補助線はこの句と同時期に白泉が作った次の句。

　　襯衣《しやつ》袴下《こした》番兵凍る洗濯日

「大盥《オスタップ》」とは大きな洗濯盥のこと。すなわち、洗濯当番の新兵が上官たちの襯衣や袴下（ズボン下）を洗濯するための大きな洗濯盥。したがって、「大盥《オスタップ》」とは海軍という真空地帯の内部構造やそこでの過酷な苦役を表すコノテーション（複合的な含意）である。次に「ベンデル」とは何か。これは後者の補助線を引かねばならない。すなわち、ソ連の小説家イリヤ・イリフとエウゲニー・ペトロフの合作小説『十二の椅子』（1927・昭2）の主人公で、すばしこく気の利く詐欺師「オスタップ・ベンデル」。白泉は「大盥《オスタップ》」（苦役）から掛詞的に詐欺師「オスタップ・ベンデル」を連想したのだ。したがって、「ベンデル」は憎むべき者をあらわすコノテーション。これで、詐欺師「ベンデル」から次の寸借詐欺師「三鬼」へと連想はなめらかにつながっていく。「地獄《ヘル》」への連想は説明するまでもない。「横団」は白泉が水兵として入隊した横須賀海兵団の略称で、海軍という「地獄」を表すコノテーション。

つまり、この句の白泉のブレーンストーミングは過酷なもの、憎むべきもの、恐ろしいもの、むごいものへと次々とイメージが攪拌されていくのだ。そして、「大盥《オスタップ》」で始め「横団」で結んだこの句のモチーフは、海軍という「地獄」の憎むべき過酷な内部構造を白日に晒すところにあったのである。

ちなみに、『十二の椅子』は一九二七年（昭2）雑誌に発表され、翌年単行本として出版。読者の熱烈な歓迎を受けた。ゴーリキーが高く評価し、詩人マヤコフスキーも「特筆大書すべき小説だ！」と評した、という。日本でも昭和九年に翻訳され（広尾猛訳『十二の椅子』・ナウカ）、読書家の白泉は、それを読んでいたのである。

戦後、三鬼と白泉は仲直りしたのだろうか。新興俳句弾圧事件のとき、弁護士として活動した湊楊一郎によれば、晩年は仲が良くなかったとのこと（「私説・渡辺白泉」―「俳句研究」昭44・3）。また、「広場」の俳人で、昭和十六年二月に検挙された中台春嶺によれば、白泉と三鬼との濃密な交友関係は昭和十五年の「京大俳句」弾圧事件の検挙により解消（三鬼の寸借詐欺事件により）、戦後になっても復活しないまま終わった、という（「昭和俳句事件私見録・5」―「俳句人」平6・10）。

なお、「大盥《オスタップ》」の句など兵役生活を詠んだ句について、戦後兵役生活を回想して詠んだという説があるが、それは誤りである。白泉自ら「繁忙な軍務に追われながら、ひとりひそかにこれらの句作に心を労していた」（『白泉句集』の「あとがき」）と記しているが、それは三橋敏雄の言葉によって証明されている。三橋は「敗戦の年の九月に復員した白泉は（略）、ある日、軍務についていたときの草稿作品を徐ろに見せて下さった」（「俳句研究」昭53・8）と書いている。

四　赤黄男はどんな本を読んでいたのか

赤黄男は俳人の中では山口誓子と並んで際立った読書家であり、蔵書家であった。そのことを物語る戦後の座談会がある（三谷昭・高柳重信・楠本憲吉「西東三鬼富澤赤黄男の人と俳句と」―「俳句研究」昭37・5）。

楠本　終戦当時の赤黄男はまさに清貧の感が深かったな。僕がいくと汚ないどてら着ていて、机のうえに「藍色の蟇」（注・大手拓次の詩集）が載っている。その本をきのうふとんを売って買ったんだと、それも暗澹としてね。（笑）

高柳　大変な食料難だからたいていの人は、食物を確保するために焼け残った本を売ったものだね。そんな時代なのに富澤さんは着ているふとんを売って古本屋から本を買ってくるわけだ。

――買ってくる本はどんな本ですか。

楠本　詩集ですよ。

高柳　概して俳人の蔵書は貧困なもので、どんな偉い先輩みたいな気がしても、その書斎を訪ねると、たいていがっかりするんだ。（略）ところが富澤さんのところにはじめて行ったとき、そのすごい蔵書、しかも、それが選りぬきのものばかりなのに、僕は内心びっくりしたんだ。それで、この人にはとてもかなわないと思って、この人のいうことは隅から隅まで盗みとっちゃおうと思って、それから頻繁にいくようになったんだ。

『定本・富澤赤黄男句集』(昭40)の冒頭のグラビア頁には本が詰まったいくつもの書架に囲まれ、それを背にした赤黄男の肖像写真が二枚挿入されている。書架の本の書名として芥川龍之介・北条民雄・葛西善蔵などの全集や、九鬼周造の『文藝論』(岩波書店)などが読み取れる。『文藝論』は「日本詩の押韻」が中心で、韻律論の名著。他の俳人たちも芥川・北条・葛西の小説は読んだだろう。芥川は言うまでもなく、北条民雄や葛西善蔵も当時人気が高かった作家である。しかし、『文藝論』を読んだ俳人は極めて少なかっただろう。この一冊をもってしても、赤黄男が際立った読書家であったことが分かる。

ちなみに、『文藝論』は岩波書店から昭和十六年九月一日に発行されたもので、丁度『天の狼』上梓から一ヶ月後。赤黄男は直ちにそれを購入したのだろう。また、高柳重信が「俳句研究」の編集をしていた「俳句評論社」には、赤黄男の書斎の書架と同様のものがあり、上記の書物などもあったので、赤黄男の没後、重信が譲り受けたものと思われる。

赤黄男は昭和十年ごろから詩も書いていた。句日記「佝僂の芸術」の巻末の住所録には萩原朔太郎・竹中郁・室生犀星・丸山薫・三好達治の名前と住所が記されている。赤黄男の俳句には「詩と詩論」のモダニズムの影響が見られ、特に、

潮すゞし錨は肱をたてゝ睡る
深き夜の波が舷燈《ランプ》を消しにくる

などは丸山薫の詩集『帆・ランプ・鷗』(昭7)の直接的な影響が見られる。

「戦中俳句日記」を読むと、赤黄男が読んでいた本が具体的に分かる。

十五年八月卅日　堀辰雄の「雉子日記」を買つた。
九月四日　買いたい本　○宮沢賢治集全三巻、○ルナール日記全七冊、○大言海一、現在読みたい本

読み返したい本　○モオリアックの作品、○源氏物語、

九月十六日　詩集『絶景』を購ふ（草野心平）

九月廿二日　「歌のわかれ」を読む。（注・「歌のわかれ」は中野重治の小説）

九月廿三日　午后　神田の古本店を漁りに出る。宮沢賢治全集第一、第二、第三巻を購ふ。

十月十四日　ヒトラーわが闘争を今日初めて読んだ、

十六年二月廿日　物象詩集…丸山薫を買ふ

三月九日　「芸術の運命」亀井勝一郎を買ふ

五月十九日　（『天の狼』の装幀は）北園克衛氏の「ハイブラオの噴水」のやうな爽明な感じのものにしたいと思ふ。

八月十二日　渡辺一夫氏の「魚の歌」を読む。

八月廿七日　高村光太郎著智恵子抄　美についてを購ふ。

八月廿八日　牧野信一遺稿集を購ふ。

九月廿日　佐藤惣之助著　新詩集を買ふ、

宮沢賢治など詩人への関心が高いのが、他の俳人たちとは異なる特徴である。中野重治の『歌のわかれ』を読む一方、ヒトラーの『わが闘争』を読むという左右思潮への関心には時代の影が濃く現れている。ちなみに、『大言海』（冨山房・大槻文彦）四分冊本は高柳重信が譲り受け、「俳句評論社」の書架に並んでいた。

五　赤黄男の交友関係──誰に関心を寄せたか

赤黄男は「旗艦」の同人なので、「旗艦」の俳人たちとの交友が中心となったのは、当然のことである。「戦中俳句日記」には、水谷砕壺・安住敦・関葉太郎・山下青芝・武藤芳衛・片山桃史・八幡城太郎・古川克己など、「旗艦」の俳人たちの名前が出てくる。「旗艦」編集発行人の砕壺は赤黄男を経済的に支えた人物。「旗艦」の俳人たちの中で、赤黄男が最も信頼していたのは、赤黄男より一ヶ月半ほど前に北支那派遣軍として出征した桃史であろう。

我を撃つ敵と劫暑を倶にせる　『北方兵団』

穴ぐらの驢馬と女に日ぽつん　同

など、ヒューメインな秀句が心に沁みる。

十五年九月十七日には注目すべき記述が見られる。

○夜九時半　水谷砕壺、あつし、克己、鷹一郎、坂口、それに大阪から藤木清子氏上京にて同導《ママ》、訪ねて来られた、

藤木清子は「旗艦」のみならず、新興俳句において最も優れた女性俳人。

昼寝ざめ戦争厳と聳えたり　『しろい昼』

戦死せり三十二枚の歯をそろへ　「旗艦」昭14・3

こうした銃後俳句や戦火想望俳句（国内において前線のありさまを想像力で詠んだ句）の傑作を詠んだ女性俳人は彼女だけである。神戸市内の医師である兄夫婦の家に寄宿していた三十代の寡婦であった。赤黄男の家を訪れてから数ヶ月後に、彼女の名前は「旗艦」から忽然と消える。「俳句を作らないこと」という条件での再婚のためだったとのこと。赤黄男の家を訪れたのは、傑出した俳人赤黄男と最後のお別れをするためだったかも知れない。

藤木清子のように優れた俳人は、赤黄男が傑出した俳人であることを直ちに見抜いて、深い敬意を抱くということは当然だからである。

「旗艦」以外の俳人では句日記「佝僂の芸術」の中に記された俳人も含めると、篠原鳳作・高屋窓秋・渡辺白泉・西東三鬼・山口誓子・内田暮情・高篤三などの名前が登場する。これらの俳人たちはみな、独自の作風を確立した新興俳句を代表する俳人たちだ。赤黄男のような優れた俳人は、同様の優れた俳人を同行者やライバルとして強く意識することを物語るもので、これはいつの時代も変わらない。

内田暮情は、

腔《かう》の音カオと仆れしラガー起つ

女身解剖
太陽と正し鼻梁と陰《ほと》隆く

など、新即物主義といわれる作風を確立した俳人。

高篤三は、

水の秋ローランサンの壁なる絵
白の秋シモオヌ・シモンと病む少女

など、新鮮なポエジーが特徴で、赤黄男俳句の良き理解者であった。

十六年八月十三日には注目すべき記述がある。


川端茅舎氏が逝去された、ホトトギス中、僕のもつとも注目させられ、何となく心引かれてゐたひとが逝去されてしまつた。惜しいと思ふ、深く哀悼せなばならぬ。茅舎の「露」は常に美しいものであつた。この人なき後のホトトギスは、僕にはなんの興味もなくなるであらう。

赤黄男が茅舎に注目していたとは、一見意外だ。しかし、茅舎の、

白露に鏡のごとき御空かな
金剛の露ひとつぶや石の上

など、漢語の強い響きを伴う緊張した韻律による「露」の句は、赤黄男の代表句、

蝶墜ちて大音響の結氷期

などの緊張した韻律に通じ合うものがあり、注目させられたのだろう。

『天の狼』を寄贈した詩人や歌人としては、岩佐東一郎・高祖保・菱山修三・前川佐美雄の名前がある。

菱山修三とは戦後も親しい交友が続いた。

六　赤黄男の時局や俳壇への意識と対応

昭和十五年は紀元二六〇〇年に当たり、十一月十日から五日間にわたり、東京をはじめ全国各地で祝賀行事が盛大に催された。東京では天皇皇后臨御のもと、宮城外苑に約五万五千人が参列して式典が挙行された。新聞をはじめとするメディアも、皇国的な祝祭ムードを煽り立てた。

この年は近衛文麿が新体制運動という挙国政治体制を提唱し、それが十月には大政翼賛会として結実し、戦争遂行のための国民統制、思想統制は一段と強化された。思想犯を取締るいわゆる「特高」も共産主義運動だけでなく、合法的・非政治的な団体や自由主義者などにも弾圧対象を拡張した。その一環として俳壇でも二月から八月にかけて「京大俳句」の主要俳人十五名が治安維持法違反容疑で検挙され、他の多くの新興俳句誌も弾圧対象としてリスト・アップされた。

弾圧を回避するため、「旗艦」は十月号の巻頭に「旗艦に於ける新体制」を掲げ、「旗艦も亦その体制を新にし（略）国策に協力せんとす」と、転向を宣言した。「天の川」の吉岡禅寺洞も十月号で、「「天の川」は今後「新興俳句」の名称を放棄します」と転向宣言。「旗艦」主宰の日野草城も弾圧を恐れ、十二月号に「休職理由」を載せ、「旗艦」や俳壇から退かざるを得なかった。

こうした息苦しい閉塞の時局や俳壇状況を赤黄男はどう意識し、どう対応したのだろうか。

「戦中俳句日記」の昭和十五年九月四日には、

愈々十月号（注・「旗艦」）から新しい体制で進むことになる。少し頑張つて書かないと駄目だと思ふ。

とある。十月号に前記「旗艦に於ける新体制」が掲げられることについて、大阪市の砕壺から赤黄男に連絡があったことが、右の記述から分かる。この新体制の巻頭言は編集担当の砕壺が書いたものと思われるが、砕壺と赤黄男との間には認識のずれが窺える。砕壺は「旗艦」に対する弾圧を回避するため、時局に同調して戦勝や戦意高揚のいわゆる「聖戦俳句」に舵を切るという意識。他方、「少し頑張つて書かないと駄目だ」という赤黄男の言葉は、時局に同調して表面的な「聖戦俳句」を作るという意識ではない。それを証明するのは、九月廿一日の次の記述。

「旗艦」を「日本俳句」と改称する事をすゝめる（略）時局の上に新しい体制をとる時機なれば思ひ切つて「日本俳句」と改名する事を良策と考へたので一応意見として述べておいた。日本伝統の美しい詩をあくまで正統に伸展せしめなければならぬ。

ナショナリズムの意識が根底にあるにしろ、戦意高揚のための時局的な「聖戦俳句」などではなく、民族的な伝統に根ざした重量のある俳句を作らねばならぬ――それが赤黄男の文学的な意識だったろう。
九月二十九日と十月十四日には軍事的国際情勢に関する注目すべき記述がある。

日独伊三国同盟成る、文化の交流と発展の上に如何なるものを加へるであらうか。この同盟は政治と経済と軍事の上に素張《ママ》しいものであるとともに（注「「とともに」は後に別インクで「かもしれないが」と書き加える」）文化の上に更に大きなものを加へられなければなるまい。（九月二十九日）
ヒトラーわが闘争を今日初めて読んだ、強烈な意慾、に打たれる。が？（注・「が？」は後に別インクで書き加えたもの）（十月十四日）

日独伊三国同盟（米国を仮想敵国とする同盟）やナチスのヒトラーの著作への赤黄男の意識は、戦意高揚の国策に同調した国民感情が高まる中で、工兵中尉として自然に湧出したものであろう。この記述で注目すべきは、そのことではなく、「かもしれないが」「が？」と記述されているところだ。これは後に別インクで書き加えたもの。いつ、何のために書き加えたのか。それは、戦後、G・H・Qの検閲処分を回避するためのカムフラージュとして書き加えたものだった、と読み解くのが妥当だろう。G・H・Qは戦後直ちにメディアに検閲を行い、右翼および左翼にバイアスのかかった言説を検閲処分するとともに、戦中の同様の書物も没収図書とした。検閲処分を恐れた俳人たちも、皇国史観の書物を地中に埋めたり、聖戦俳句を戦後の句集に収録するのを避けたりしたのである。

十六年八月五日には次の記述がある。

草城去り、尚瑠璃一派の退陣となる。それもよし、到底彼等平凡の徒にうまくゆく筈でもなからう。真に俳句を俳句し、俳句の純正な伝統を守り且つ推し進めやう《ママ》とするひたむきな熱情と誠実さを失くした者を論す《ママ》るの要もなし。

「旗艦」は俳誌統合で朝木奏鳳の「瑠璃」、関西大学の「原始林」と合併して十六年六月、「琥珀」と改題。草城は一旦復帰したものの、八月号で奏鳳とともに退いた。弾圧を恐れ、小心な行動をとる草城と距離を置いた赤黄男の意識と純正な俳句への情熱が窺える。なお、「琥珀」では水谷砕壺は主幹の立場となり、編集は主に岡橋宣介が担当するようになった。ちなみに、昭和十八年三月八日付で岡橋宣介が尼崎市の小寺勇に宛てた郵便はがき（川名大所蔵）には草城先生の申出に依つて過日の会合に付いては草城先生の御名を特に省くことにして三月号消息欄へ発表しました。

とある。草城は昭和十六年八月で表面的には「琥珀」を退いたものの、その後も「琥珀」とのかかわりは絶えていなかったことが、この文面から分かる。

七　「蝶墜ちて」の句の生成と赤黄男の詩法

赤黄男と高屋窓秋は敗戦直後の昭和二十一年、新俳句人連盟で初めて出会い、お互いの詩法を語り合った貴重な言葉を遺している。

「僕は矢張り像影《ママ》を追つてゐる」と。「僕もそれだ」と僕も答へたね。（赤黄男）
「君は、どうやって俳句を作っているのか」。ぼくは、ただひと言「イメージ」。「ぼくも同じだ」と赤黄男。（窓秋）

赤黄男も窓秋も、一般の俳人とは異なり、写生やリアリズムでは俳句を作らなかった。二人は「イメージ」で作るという共通した詩法と影像（映像）の詩人としての存在を確認し合ったが、「イメージ」だけでは、具体的な詩法がはっきりしない。「戦中俳句日記」には、その具体的な詩法を窺わせる記述や作品の生成過程を示す連作が見られる。

昭和十八年二月〜三月頃に『天の狼』以後の第二句集名の素案を記したものとして、

鬼の詩（赤黄男句集）
鬼の歌
冨士（赤黄男句集）
「鬼冨士」

がある。これは以前「冨士」が第二句集名の一案としてあり、それを考えていたとき、その案以前に「石鬼」を一案として考えたときの「鬼」の意識が浮上して「鬼の詩」「鬼の歌」と「冨士」という素案との攪拌（ブレーンストーミング）から新たに「鬼冨士」という第三の案を紡ぎ出してきたのである。これは窓秋の「言葉が言葉を生み、文字が文字を生む」（「別れの言葉」―「馬酔木」昭10・5）という詩法に通じるもので、赤黄男も文字やイメージから連想を展開する詩法を採っていたことが、ここから窺える。また、すでに渡辺白泉の「大盥《オスタップ》」の句を読み解いたときに触れたように、白泉のブレーンストーミング（脳の攪拌）とも通じる詩法であった。

「旗艦」昭和十六年一月号に寄稿した連作「冬影Ⅰ」には高名な「蝶墜ちて大音響の結氷期」が含まれている。赤黄男俳句の愛読者をはじめ多くの読者は、「蝶墜ちて」の一句だけに向き合ってこの句を享受してきた、というのが一般である。しかし、「戦中俳句日記」を見ると、この句や連作「冬影Ⅰ」には興味深い生成過程が窺える。そこで、初出の「戦中俳句日記」から「旗艦」を経て『天の狼』に至る間の、その生成過程を辿ってみる。

「戦中俳句日記」の初出は次のとおり。

旗艦一月

冬影

Ⅰ

○　冬天の黒き金魚に富士とほく
~~冬蝶は雪崩の響をききにけむ~~
○　冬蝶のひそかにきいた雪崩の響
○　蝶絶えて大音響の結氷期
　　墜ちて
○　風雪の火焰めらめらはしる雉
○　断崖の冬かげらふの炎ゆるや快《よ》し
　　ゆるるや快し

「旗艦一月」とあるのは「旗艦」昭和十六年一月号に寄稿という意味。○印は寄稿する自選句。発刊日と制作日のタイムラグを考慮すると、この連作は十二月初め頃の作であろう。二句目の初案は「雪崩の響をききにけむ」が間延びのした韻律なので、「雪崩の響」と体言止めにした張りのある表現へと推敲

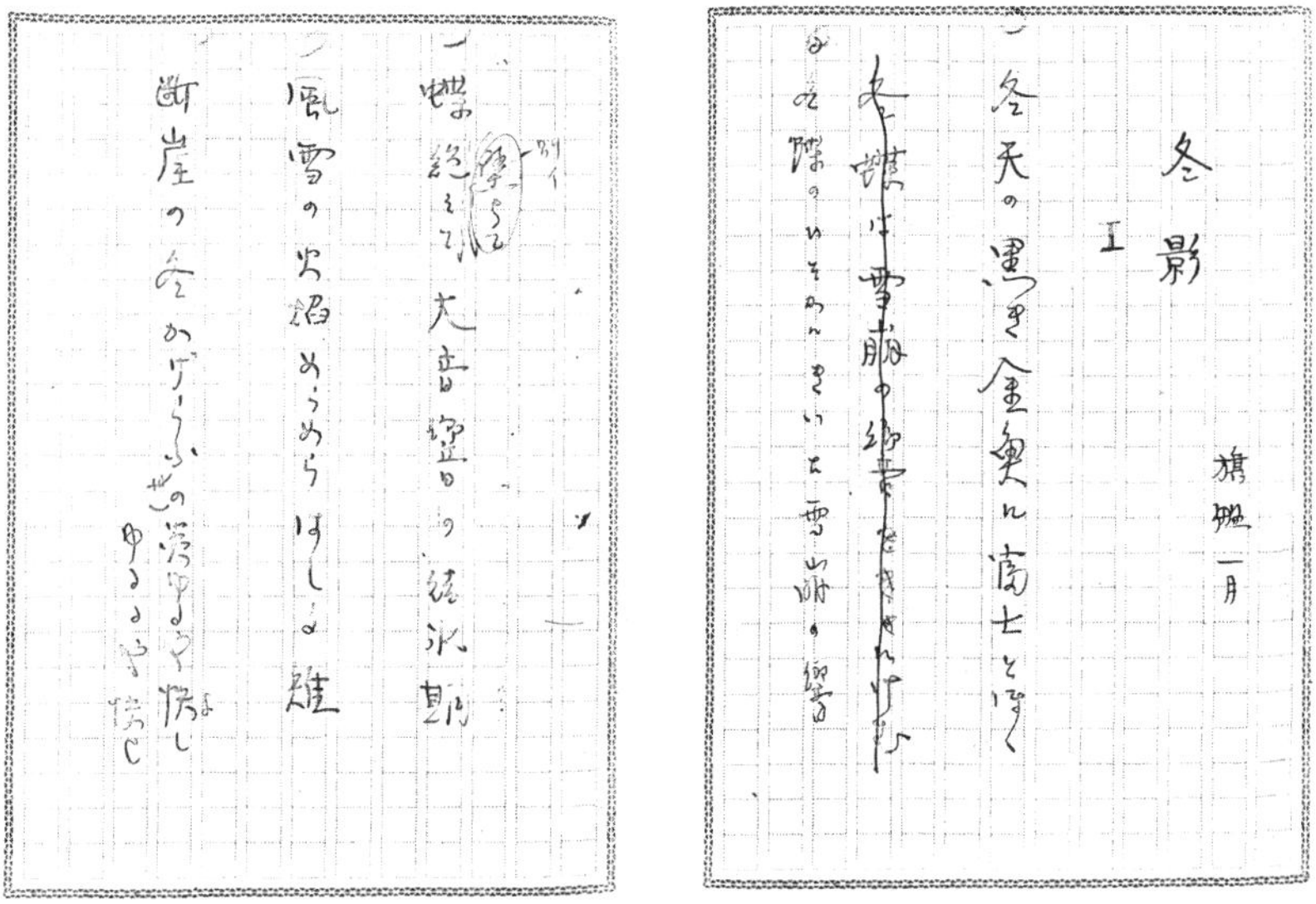

連作「冬影Ⅰ」の原稿（「富澤赤黄男戦中俳句日記」）

している。三句目の「絶えて」では「大音響」との超現実的な詩的交感が遂げられないので、「墜ちて」と推敲。五句目は「かげらふ」がちらちらと揺れ動くイメージから「ゆるるや快し」と推敲。ここで注意したいのは、挿入した写真では識別できないが、三句目の「墜ちて」は他の句の推敲と異なり別インクで記されていることである。つまり、「墜ちて」だけは初案時の推敲ではなく、何日か経って「旗艦」寄稿時での推敲かも知れない、ということである。

「旗艦」一月号では推敲した表記の句が掲載されているが、五句目はさらに「断崖は冬陽炎のゆるるや快《よ》し」と表記が変わっている。『天の狼』では表題が「冬影」から「結氷期」へ、一句目の「黒き」が「黒い」へ、四句目の「めらめら」が「めら〳〵」へと変化。五句目は「風すさぶ夜は孤島と目を醒むる」（「旗艦」昭15・10）の句と差し替えられた。「断崖」の句が「結氷期」という表題（テーマ）の冷厳なイメージにそぐわないからだろう。

問題は、この連作、特に「蝶墜ちて」の句の読み解きである。従来の一般的な読み解きは、連作五句の中から「蝶墜ちて」の句だけを抜き出し、当時の時代背景を踏まえて暗喩表現として象徴的に読み解くものだった。

日米開戦直前、昭和十六年作のこの句には、カタストロフを洞察する悲劇的な嗟嘆が、堕《マ》ち《マ》た「蝶」「蝶墜ちて」は、いわば被抑圧者を象徴するもの。そのかすかな物音さえ、折からまさに「結氷期」にある、沈黙を強いられた時代環境の中では、ふつうの可聴域を超える「大音響」として心耳に届いたのだ。当時の現実を直視した、作者の痛切な心象を形成する映像が、ここに緊密に構築されてある（三橋敏雄・『日本名句集成』所収・学燈社、平3）。

に象徴されている（松崎豊・『新編俳句の解釈と鑑賞事典』所収・笠間書院、平12）。

国民統制・思想統制を強いる閉塞の時代状況を赤黄男は十分認識していた。したがって、その時代状況を踏まえて、「蝶墜ちて」を被抑圧者、「結氷期」を閉塞の時代状況、「大音響」を日米開戦というカタストロフ（大惨事）の暗喩として読み解くことは、赤黄男の象徴的な詩法とも整合し、確かに説得力がある。この読み解きからは、表題の「冬影」や「結氷期」も閉塞の時代状況の暗喩ということになる。

だが、そういう読み解きは、果たして妥当な読み解きなのだろうか。私は、それとは異なる読み解きをしている。連作五句の一句一句は「冬影」ないし「結氷期」のテーマを種々相において具現していて、そのテーマに収斂していくという読み解きである。「戦中俳句日記」には「冬影Ｉ」の直前に「冬」の連作五句（「旗艦」昭15・12）があり、そこには、

冬天に牡丹のやうなひとの舌
眼に古典　紺々とふる牡丹雪

などがある。また、「冬影Ｉ」の直後には「冬影Ⅱ」の連作六句（「旗艦」昭16・1）があり、そこには、

鳥失せて烟のごとく立つ冬木
冬の川キンキンたればふところ手

などがある。これらの引用句を含め「冬」の五句および「冬影Ⅱ」の六句は「冬」ないし「冬影」のテーマをそれぞれの相において具現しているものである。他方、『天の狼』の連作の表題には、他に「虎」「ランプ」「空中戦」「木の実」などがあるが、どれも何かの暗喩ではない。したがって、「蝶墜ちて」の句も、「冬影」の表題も何かの暗喩ではなく、「蝶墜ちて」の句も「冬影」のテーマを厳しい結氷界の相として造形したものとするのが、私の読み解きである。ちなみに、「冬影」とは、厳しい冬の兆候という意味であろう。

八　『天の狼』はどんな経緯で上梓されたのか

「戦中俳句日記」昭和十六年五月十七日から九月十一日までには、句集『天の狼』上梓の発端の話から『天の狼』出版記念会に至るまで、様々な経緯が詳細に記されている。八月五日には、

「天の狼」が愈々出来上つた、

とある（『天の狼』の奥付の発行日は八月一日）。わずか二ヶ月半という短期間で内容・装幀ともに見事な『天の狼』が上梓されたわけだが、昭和十六年の中頃はまだ紙質の劣悪化を免れていたことも幸いであった。

この期間の「戦中俳句日記」を順に読んでいくと、『天の狼』の上梓は、資金面を全面的に支えた水谷砕壺、編集の中心となった安住敦、宣伝や販売に尽力した関葉太郎・武藤芳衛・山下青芝ら「旗艦」の仲間たちの厚い友情に支えられたものだったことが分かる。句集上梓に至るまでの打ち合わせは、赤黄男の勤務先（日本油肥販売株式会社）の事務所が銀座にあった関係で、もっぱら銀座のコロンバンで行われた。

『天の狼』は新興俳句の掉尾を飾る記念碑的な句集だが、同時に赤黄男と安住敦との蜜月時代（安住敦は昭和十九年「多麻」、戦後は「春燈」に拠り、赤黄男と袂を分かつ）を物語る一冊であった。以下、『天の狼』出版記念会までの主な経緯を辿ってみよう。

五月十七日　一時半　安住氏とコロンバンで会ふ約束をしてゐたので、少し早目に会社を出て、途中、

紀伊国屋に立寄、一時半過き《ママ》コロンバンに出掛けた（略）安住、小生の句集出版を薦めて呉れるが、何分自家版で出すとしても目下、直ちには金がないので困る、然し、六月二十日頃にはなんとかなるだう《ママ》から、直ちに準備にかゝつてもいゝやうに考へるが。

五月十九日　（略）琥珀発行所（注・「旗艦」は六月号から「琥珀」と改題）から出す事にして（略）活字の大さ《ママ》、や装幀は僕自身やること等々話し合ふ。大体、二百五十部限定版で、百三十頁程のもの（略）印刷の方は或は亦坂口有漏男君や、其他紙の入手は関葉太君（注・関葉太郎）山口君がやつて下さるらしく。

五月二十一日　（略）題は「天の狼」にしたいという僕の言葉に、（安住・関・武藤らが）賛成してくれた。

六月三日　（略）表紙には敦が探して呉れた「皿と魚」の図を写真刷にする事にした。

六月八日　「天の狼」出版について砕壺から既に萬事引受けた由の電話をもらつてゐたが今日敦へ三百円の費用を出して呉れた。なんといつて感謝していゝのか僕にはわからん。

＊六月十四日以後は二ヶ月近い空白があり、いきなり『天の狼』上梓の記述となる。

八月五日　「天の狼」が愈々出来上つた、

夕刻から安住敦宅へ行き、関、武藤、山下氏等と発送を初め《ママ》る（略）寄贈本も一先づ発送してしまつた、

＊八月十一日以後には『天の狼』寄贈者からの礼状について記されている。主な寄贈者は第五章を参照。

九月十一日　〈天の狼〉出版記念会を向島「雲水」でやる（略）高篤三さんが司会をやつて呉れた（略）関君がはるばるとポータブルを持参し、伴奏附の作品（小生の）朗読をやつて呉れた、

ランプ
ある地形　＼関君
青い蜜柑（注）
其　他　＼安住君
　　　　　　　＼が素張《ママ》らしい、

胸のあつくなるやうな記念会であつた。

出版記念会は赤黄男の意向で「琥珀」東京同人を中心に少人数で催された。なお、『天の狼』には奥付に「限定二五〇冊」とある市販本と、「家蔵限定版」とある寄贈本の二種類があることが、今回新たに判明した。「家蔵限定版」は特装本ではなく、本体自体は市販本と同じである。

(注) 拙著『昭和俳句の検証』(笠間書院・平27)に「青い蜜柑」が「青い弾痕」とあるのは、私の不注意による誤記。

寄贈本『天の狼』奥付

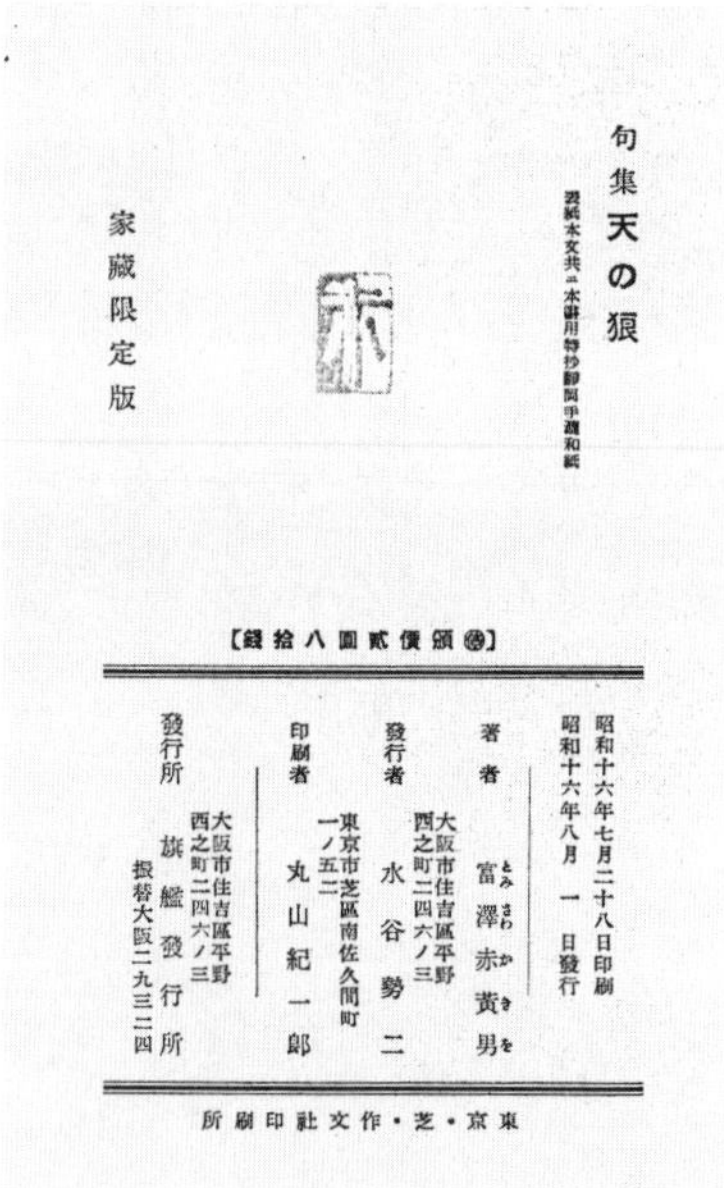
句集 天の狼
裝紙本文共ニ本邦用特抄靜岡手漉和紙
家蔵限定版
【頒價貳圓八拾錢】
昭和十六年七月二十八日印刷
昭和十六年八月 一 日發行
著者 大阪市住吉區平野西之町二四六ノ三 富《とみ》澤《さわ》赤《か》黃《き》男《を》
發行者 大阪市住吉區平野西之町二四六ノ三 水谷勢二
印刷者 東京市芝區南佐久間町一ノ五二 丸山紀一郎
發行所 大阪市住吉區平野西之町二四六ノ三 旗艦發行所 振替大阪二九三二四
東京・芝・作文社印刷所

市販本『天の狼』奥付

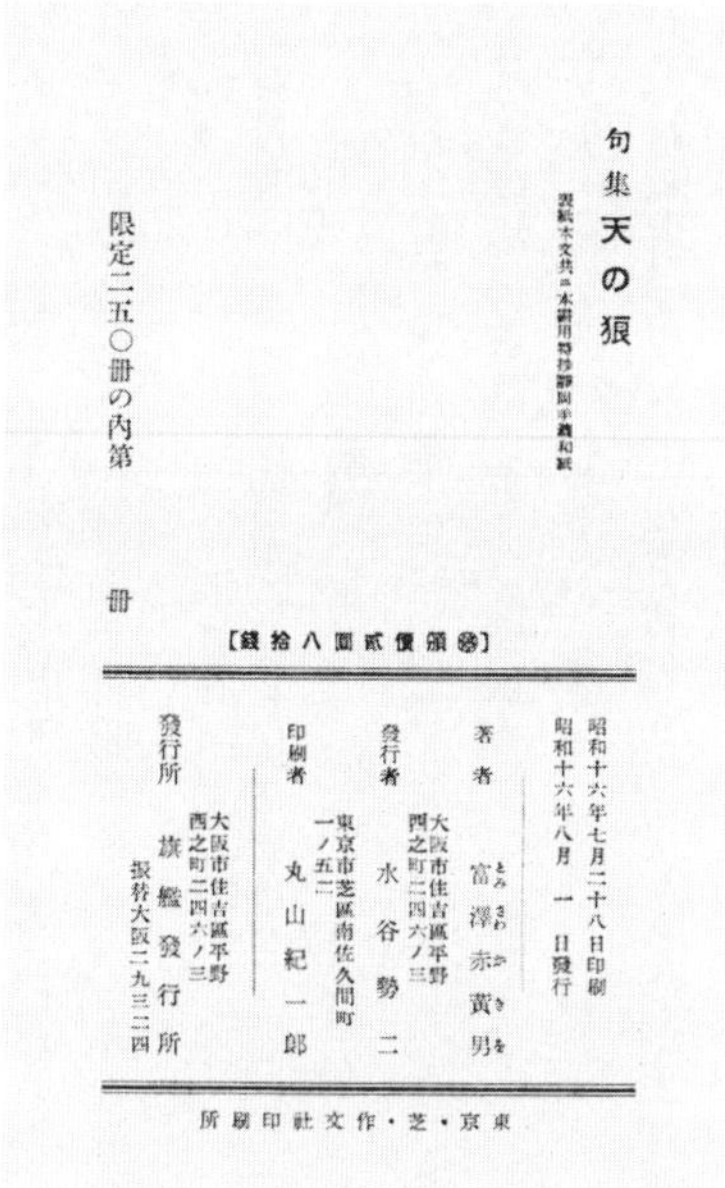
句集 天の狼
裝紙本文共ニ本邦用特抄靜岡手漉和紙
限定二五〇冊の内第　　冊
【頒價貳圓八拾錢】
昭和十六年七月二十八日印刷
昭和十六年八月 一 日發行
著者 大阪市住吉區平野西之町二四六ノ三 富《とみ》澤《さわ》赤《か》黃《き》男《を》
發行者 大阪市住吉區平野西之町二四六ノ三 水谷勢二
印刷者 東京市芝區南佐久間町一ノ五二 丸山紀一郎
發行所 大阪市住吉區平野西之町二四六ノ三 旗艦發行所 振替大阪二九三二四
東京・芝・作文社印刷所

(土屋文明記念文学館所蔵)

九　質の異なる二種類の一字空白

赤黄男は、読者の想像力を喚起するため深い「切れ」(切って、つなぐ働き)を強く意識して創作する俳人であった。

蝶墜ちて大音響の結氷期　『天の狼』

草二本だけ生えてゐる　時間　『黙示』

などは、それを端的に証明している。「戦中俳句日記」には「切れ」の効果を出すため、多行表記・読点表記・一字空白（分ち書き）表記など、様々な表記の工夫が見られる。これは、赤黄男が「戦中俳句日記」に俳句とともに、短詩も書いていたことと関わっていることだろう。

「戦中俳句日記」では、

落日をゆく
落日をゆく
真紅い中隊

風、夕日、鴉、斥候、地平線

眼に古典　紺々とふる　牡丹雪

などの表記の工夫が見られる。『天の狼』(昭16・8）では、

冬日呆　虎陽炎の虎となる

鶴渡る大地の阿呆　日の阿呆

など数句の一字空白の表記があるが、大部分は一般的な一行表記である。「戦中俳句日記」に記された俳句の中で、『天の狼』上梓後に作られた俳句は、第二句集『蛇の笛』（昭27・12）に収録されることになる。その際、つまり、『蛇の笛』への収録作業を行う昭和二十七年後半に、注目すべき表記の改訂（一字空白表記への改訂）が「戦中俳句日記」の句に施されたのである。具体的に言えば、選出の元になった「戦中俳句日記」の句には赤鉛筆で一字空白を示す記号「く」（楔形記号）が新たに書き加えられたのである。しかし、そのことは今までほとんど知られていない。

たとえば、昭和十六年八月末に作られた「虹」の句では、次のように楔が打ち込まれている。

大地いましづかに揺れよく油蟬
虹を切りく山脈を切るく秋の鞭
蜩はくしんしんとく日を梢に吊り
海蒼へ煩悩の夏く転がりぬ
夏去るとくあはれくわが家はく雨の中

この赤鉛筆による楔が打ち込まれたのは、『蛇の笛』の収録作業が行われた昭和二十七年後半である。

赤黄男の一字空白表記を時系列で追尋すると、もっぱら一字空白表記を採るようになるのは、「太陽系」第十三号（昭22・9）以降であることが分かる。「虹」の五句と「虚無の木」（「太陽系」終刊号、昭23・10）の一字空白表記とを比べてみよう。

切株は　つひに無言の　ひかる露
切株は　じいんじいんと　ひびくなり

虚無の木が　虚無の木が　うすびかるのみ
錐をもむ　暗澹として　錐をもむ

「虚無の木」四句は最初から一字空白の「切れ」の効果を意識した一字空白の表記で、そこから深い「切れ」が読み取れる。他方、「虹」の四句の、特に第三・第五句などは、最初一般の一行表記で作ったものを、後から無理に一字空白に切ったという感じで、深い「切れ」が伝わってこない。『蛇の笛』の句はほとんどが一行空白の表記だが、このように制作過程の違いに基づく質の異なる二種類の一字空白が混在しているのである。『蛇の笛』を読み解くときには、そのことに留意しなければならない。

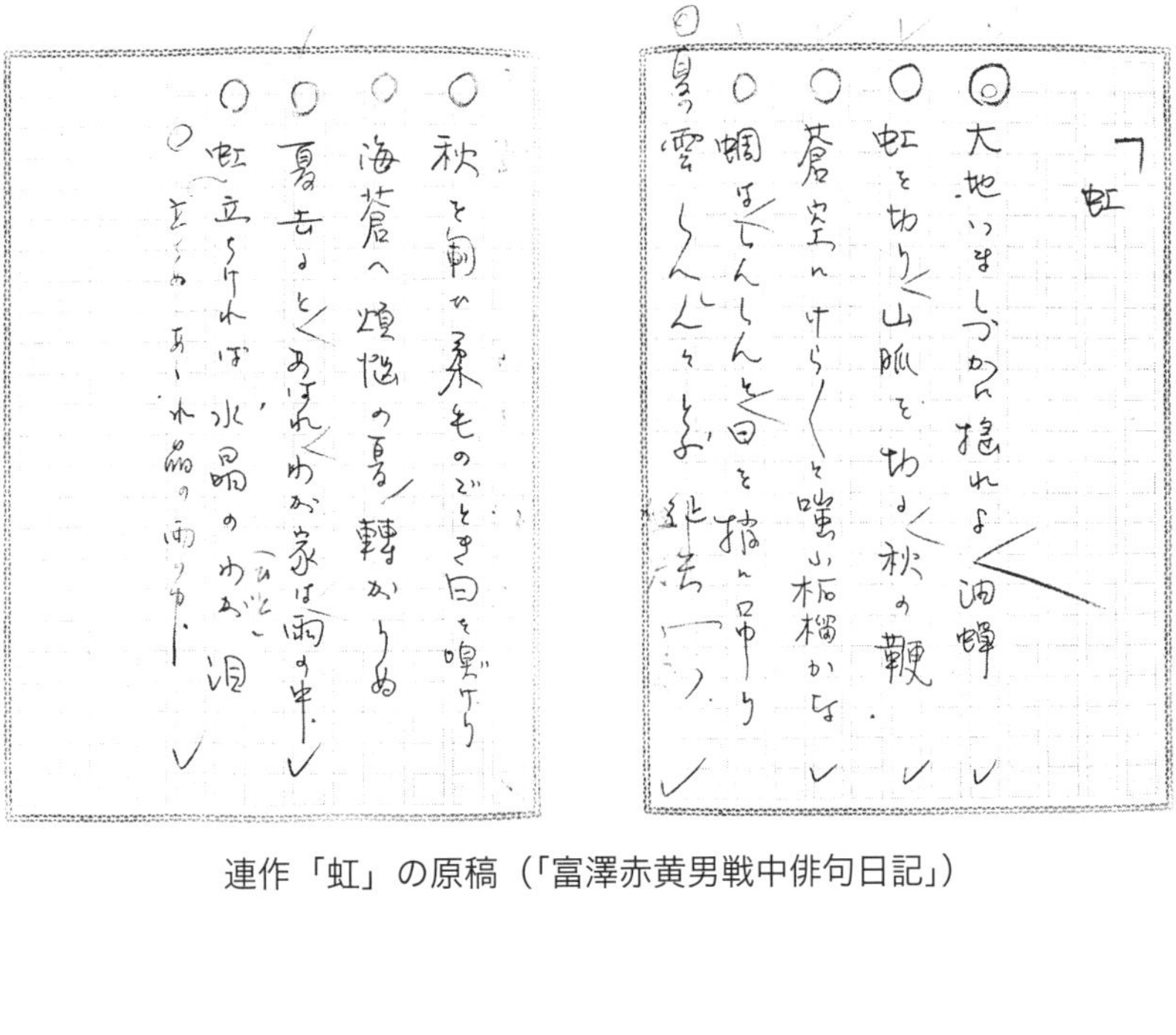

連作「虹」の原稿（「富澤赤黄男戦中俳句日記」）

十　質の異なる二種類の聖戦俳句

赤黄男は『天の狼』上梓（昭16・8・1＝奥付／昭16・8・5＝「戦中俳句日記」）から約二ヶ月後の九月二十八日に再度の動員令が下って以後（「戦中俳句日記」に「（九月）二十八日、再度の応召、勇躍出発した」とある）、十九年三月十五日の召集解除（「戦中俳句日記」に「昭和十九年三月十五日／召集解除」とある）まで、主に北千島北端の占守島《しゅむしゅとう》の守備隊の後備役兵として従軍する。「年譜」では「昭和十七年年七月、北千島へ転出の途次大阪に一泊」とあるが、「戦中俳句日記」の十八年三月三十日の記述には「北千島に転戦六ヶ月」とある。その記述から逆算すると、出征の時期は十七年十月の初め頃となる。

赤黄男は十七年十二月下旬頃、占守島で次の句を詠んでいる。

吾子に與ふ

汝が父ははがねの如く月を睨む
寒風に汗したゝらす父よわれ
風雪にまみれふつ〳〵たぎる父なり
汝が父はいま一塊の火焔なり
（略）
陽あたゝかきときおほぎみを祈りまつれ
雲うつくしきとき靖国をおろがめよ

ここから、愛娘への父情を詠った「ランプ」の詩人と、北海の島で皇国的情動をたぎらせる軍人という二重人格的な赤黄男を想い描くべきではないだろう。一将校（中尉）として戦争に関わる以上、軍命に殉じて敵を撃つことに全力を傾注するのが当然の務めだ。これが赤黄男の戦争に関わる意識構造であり、一貫していた。夜営のひととき、ランプに託して愛娘への父情を詠うことも、北海の島の守備隊で、戦や国を思って皇国的情動を噴出させることも、この意識構造を根底にした純粋、真率な真情の発露であった。

他方、昭和十五年の大政翼賛会結成以降、俳壇では、国家や時局の要請に表面的に同調して（同調せざるを得なかった）戦意高揚、戦勝賛美を詠ういわゆる「聖戦俳句」が多く詠まれた。例えば、

真珠湾奇襲による戦捷
寒林に疾風《はやち》呼ぶごと国起ちぬ　富安風生

シンガポール陥落の戦捷
撃ち攘ちて敵は火焰樹の花屑と　山口青邨

陸海軍特別攻撃隊頌
ますらをはすなはち神ぞ照紅葉　水原秋櫻子

一口に「聖戦俳句」と言っても、こうしたいわゆる「聖戦俳句」と赤黄男のそれとは明らかに異なるものである。その点に留意して読み解くことが求められる。なお、「吾子に與ふ」は戦後上梓された『蛇の笛』（昭27）には収録されなかった。それは、戦後、民主主義国家へと国体が変わったことと、G・H・Qの検閲の後遺症が背景にあるだろう。G・H・Qの検閲制度自体は、すでに昭和二十四年十月に廃止されていたが、戦中に俳壇に登場した俳人たち（赤黄男を含む）はG・H・Qの検閲処分を恐れ、強く意識していた形跡が見られる。他方、戦後、俳壇に登場した俳人たち（いわゆる戦後派俳人たち）は、検閲のことをあまり念頭に置かなかった。

十一　北千島および占守島守備隊の赤黄男
―赤黄男はいつ出征し、いつ帰還したのか

「琥珀」昭和十九年一月号には「出征作家へ贈る」という表題で、「琥珀」の出征俳人たちに対して「琥珀」の銃後俳人たちが贈る言葉を寄せている。すなわち、

富澤赤黄男へ　　水谷砕壺
片山桃史へ　　指宿沙丘
神生彩史へ　　笠原静堂
塩野史郎へ　　鈴木次郎
関　葉太郎へ　　岡橋宣介
柏原鷹一郎へ　　岡橋宣介
(以下略)

「塩野史郎」とは佐藤鬼房、「鈴木次郎」とは鈴木六林男のことである。この中で、水谷砕壺は「富澤赤黄男へ」の冒頭で不思議な文章を書いている。すなわち、

再度のお召しで、はろばろ赤道を北し南し常夏の国にて頑敵を膺懲される御苦労を思ふと、銃後の愚

生は生産増強のため倒れるまで働きつゞける覚悟を堅持するのであります。

この文言のとおり、赤黄男が昭和十六年九月二十八日、再度の応召で、北千島の占守島だけでなく、南方にも出征していたことが真実ならば、驚くべき新事実である。赤黄男の動静について最も多くの情報を得ていると思われる砕壺の文章なので、その信憑性は慎重に検討しなければならない。「戦中俳句日記」や「琥珀」には赤黄男が南方に出征したという記述は見られない。しかし、赤黄男の南方出征の信憑性を検討する上で、もう一つ気がかりな文章がある。それは昭和十九年三月末日に北千島占守通信隊司令として赴任を命ぜられた海軍中佐伊藤春樹の次の文章である。

私が赤道直下のラバウルからこの千島の最北端、占守通信隊に赴任を命ぜられたのは、戦局が日ましに悪化しつつある昭和十九年の三月末であった。（略）九六式輸送機から見おろす灰色のオホーツク海には流氷がただよい、千島列島は一面の白雪におおわれていた。（略）昭和十八年夏、アリューシャン南部にあるアッツ、キスカの両島があいついで（米軍に）奪回された後、この北千島も南方のラバウル、トラック、サイパンなどとともに、いわゆる絶対防衛圏の一環となり、昭和十九年六月マリアナ作戦の直前には、第十二航空艦隊（司令長官戸塚海軍中将）の一部、千島方面根拠地部隊（司令官久保海軍中将、局地防備部隊）および第九十一師団（師団長堤陸軍中将）、陸軍戦闘機一隊（隼戦闘機約五十機）が米軍の進攻に備えて展開中で、その防備はサイパンなどより堅固であったと思われる（「北千島守備隊降伏せず」―『実録太平洋戦争7』・中央公論社・昭35）。

赤道直下のラバウルは東部ニューギニア・ビスマーク諸島の中のニューブリテン島の北端に位置し、北緯五十一度の占守島は千島列島最北端に位置する。戦局が厳しさを増す中、ラバウルも占守島も共に絶対防衛圏という状況で伊藤海軍中将は炎熱の南方戦線から流氷漂う北方戦線へとはるか太平洋を越えて赴任したのである。この伊藤海軍中将と同様に、赤黄男も、水谷砕壺の文章にあるように、南方の常夏の国の戦線から占守島へとはるかに転戦したのだろうか。

結論から言えば、砕壺は出征中の赤黄男の動静の情報を十分に得ておらず、赤黄男が詠んだ俳句を誤解して、南方の戦線にいると誤った認識を抱いたものと思われる。赤黄男が日中戦争に出征したときは、「旗艦」の編集は砕壺が担当しており、赤黄男の俳句や書簡は軍事郵便で砕壺宛に送られてきていた。ところが、「琥珀」時代の砕壺は主幹となり、編集は岡橋宣介が担当するようになった。赤黄男の俳句や文章類は岡橋へ送られるようになり、赤黄男の動静に関する砕壺の情報量は「旗艦」時代より減ったと思われる。

「琥珀」昭和十七年三月号は俳句の二つの特集を組んでいる。一つは、十七年二月十五日のシンガポール陥落を祝しての「祝新嘉坡陥落」特集。もう一つは、群作の「大東亜戦争譜」特集。赤黄男は前者において、

赤道の金剛力の海の蒼さ

渾々と日のしたゝりや千々の島々

紫の紺の緑の海洋《うみ》のよろこび

などを寄稿した。また、後者においては「マレー南下部隊を想ふ」の詞書で、

冬銀河砲群南へおしくだるか

眸凍てゝ炎《ひ》の半島を天に描く

などを寄稿した。これらの句は「シンガポール陥落」や「マレー南下部隊」へと思いを馳せて詠んだ句であり、この時、赤黄男はまだ善通寺第37部隊に留まっていた。「琥珀」に「応召　富澤赤黄男」として作品が載るのは昭和十七年八月号からである。ところが、砕壺は赤黄男の句の「赤道」「砲群南へおしくだるか」「炎《ひ》の

半島」といった言葉に目を奪われて、赤黄男は南方戦線にいると即断した可能性が考えられるのである。

赤黄男の南方出征の信憑性は極めて低いとして、では、赤黄男はいつ北千島に出征し、どんな部隊に属し、どこを転戦し、いつ帰還したのだろうか。

まず、北千島への出征時はいつか。昭和十六年九月二十八日、再度動員令が下る（「戦中俳句日記」より）。その後、「年譜」によれば、同十月一日「善通寺第37部隊へ入隊」とある。当時、赤黄男は四谷区箪笥町に住んでいたが、本籍地が愛媛県だったので、本籍地に基づいて日中戦争時と同じく、善通寺の第十一師団（第十一師団の徴兵区は四国四県）に入隊したのであろう。その後、「年譜」によれば、昭和十七年七月「北千島へ転出の途次大阪に1泊」とある。この間、九ヶ月以上善通寺の十一師団に留まっていたことになる。また、この間、「戦中俳句日記」の俳句や文章には出征を窺わせる記述は見られない。「琥珀」に寄稿した俳句で、「応召　赤黄男」として掲載されるのは、昭和十七年八月号の「夏天」と題する十二句が最初である。「琥珀」八月号の発行日と「夏天」の制作日とのタイムラグを約一ヶ月と看做せば、七月に「北千島へ転出」という「年譜」の記述と符合する。したがって、「年譜」に従えば、赤黄男の北千島への出征時は昭和十七年七月と看做すことができる。ただし、「戦中俳句日記」には、「十八、三、三〇」の日付で記された「孟春」と題する九句（二頁にわたって記されており、「琥珀」昭和十八年五月号に掲載された）があり、その次の頁の冒頭に「北千島に転戦六ヶ月／其後の作品を之より記す」とある。この記述から逆算すれば、北千島への出征時は昭和十七年十月初め頃と看做せる。ちなみに、前記、「琥珀」昭和十七年八月号の「夏天」十二句は出征や戦争に関係した俳句ではない。

次に、北千島までの出征経路や移動手段に関しては、それを窺わせる資料がない。「年譜」に「北千島へ転出の途次大坂に1泊」とあることから推測すれば、輸送列車と輸送船を乗り継いで北千島へ渡ったものと思われる。赤黄男は、先に引用した占守通信司令官伊藤春樹海軍中佐のような高官ではないので、輸送機で出征したとは考えにくい。

赤黄男が北千島に出征した背景には北方のアリューシャン作戦が風雲急を告げていた戦況がある。その作戦経過を辿ると、

昭17・10・2	大本営　北部軍にアッツ再占領を命令
昭17・10・27	北海守備隊編成
昭18・2・11	北海守備隊改編
昭18・5・12	アッツ島に米軍上陸
昭18・5・20	大本営　アッツ放棄　キスカ撤退を決定
昭18・5・29	アッツ守備隊山崎大佐以下将兵玉砕
昭18・8・15	米軍　キスカ占領

アッツ島、キスカ島が米軍に占領された後、北千島は北東方面の最前線（絶対防衛圏）となった。だが、キスカ島が米軍に占領される前のキスカ島撤収（昭18・7・29）の頃の北千島の守備は、わずか三千の兵力で、陸軍機は一機もないという劣悪な防衛だったという。赤黄男はそういう状況で北千島の守備についたのである。

ところで、今、「北千島の守備に就いた」と書いたが、赤黄男がどんな部隊に属し（「年譜」には「昭和16年10月1日　善通寺

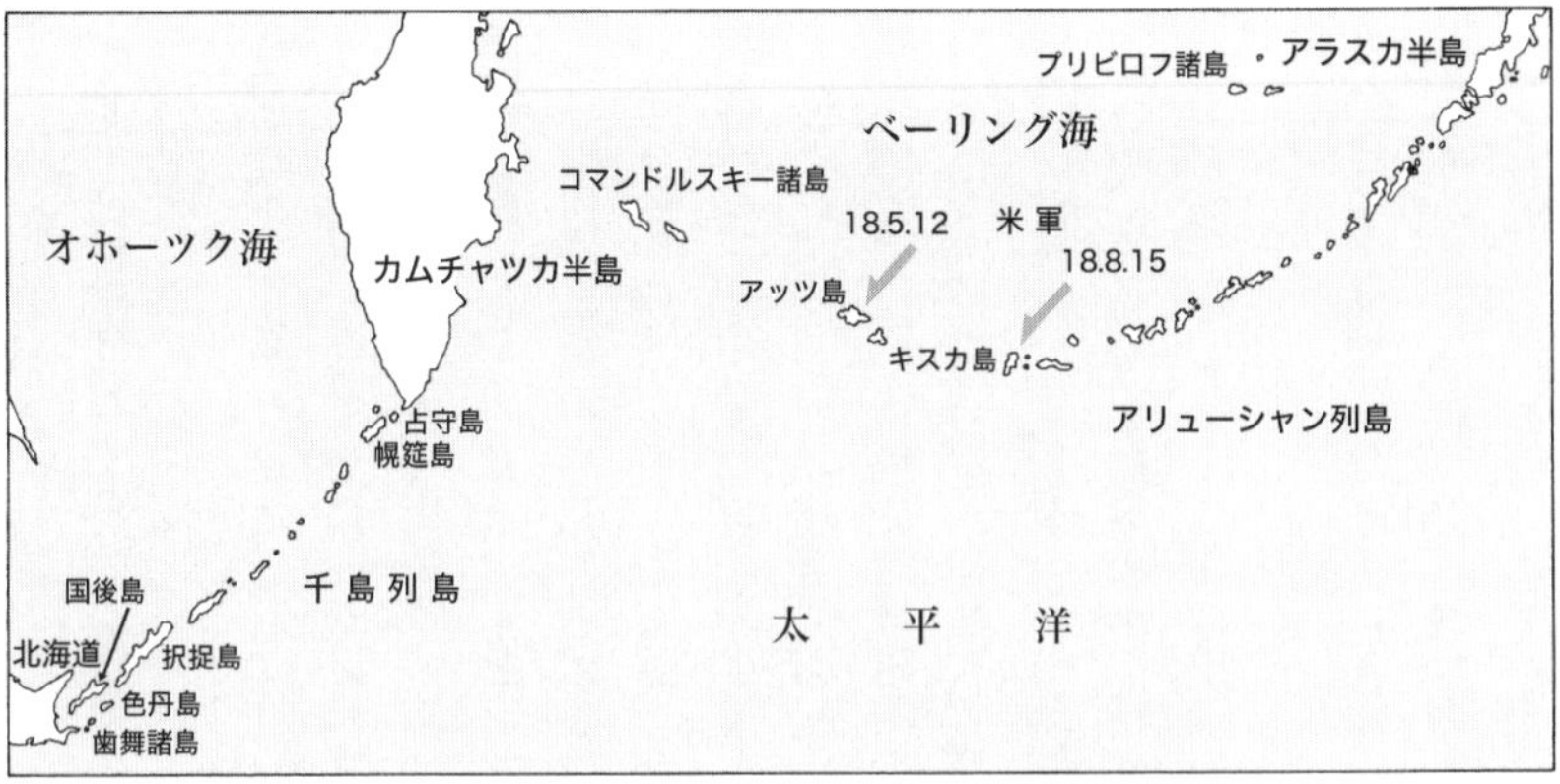

アリューシャン作戦（北海守備隊と米軍の戦闘）

第37部隊へ入隊」とある）、どこを転戦したのかははっきりしない。「戦中俳句日記」で「北千島」という名前が出てくるのは、前に引用した「北千島に転戦六ヶ月」と記されたところだけである。「占守島」という名前は出てこない。「占守島」という名前が出てくるのは第二句集『蛇の笛』（昭27）に収録された、

流木よ　せめて南をむいて流れよ

の句の注として（千島最北端占守島にて）とあるところだけである。この句は「戦中俳句日記」では「北溟」の表題で十五句が記されている中の一句で、

流木はあはれ　南へ向いて流れよ

の表記になっている。「琥珀」昭和十九年三月号では、同じく「北溟」の表題で掲載された十五句中の一句で、

流木はあはれ南へ向いて流れよ

の表記。「北千島に転戦六ヶ月」という記述からは、小さな占守島だけでなく、南西に位置するもっと大きな幌筵《ぱらむしる》島なども含めた北千島を転戦したと読み解くべきであろう。「北千島に転戦六ヶ月」以後の俳句は「岩香蘭（濃霧《ガス》）」という題の二十八句しか記されておらず、それらは全て占守島で詠んだ句である。このことから推測すれば、幌筵島などの北千島に転戦した六ヶ月を経て、最北端の占守島の守備についたとも考えられる。そして、俳句が少ないのは、米軍の空爆による戦局が悪化した状況だったからとも考えられる。

アッツ島とキスカ島を相次いで失ったため、陸海軍は急遽、千島列島の防衛強化を行い、昭和十八年十月頃には千島の全兵力は二万七千に増加した、という。

では、赤黄男はどういう部隊に所属していたのだろうか。前にアリューシャン作戦の経過を記したが、「昭17・10・27」には「北海守備隊編成」が行われ、「昭18・2・11」には「北海守備隊改編」行われている。

しかし、その編成はアッツ島とキスカ島を中心としたアリューシャン作戦のものであり、北千島守備隊は該当しない。赤黄男が所属した北千島守備隊は、幌筵島に本部があった北千島要塞守備隊であったと思われる。

この守備隊は昭和十五年十月に創設されたが、赤黄男が出征した十七年十月頃は司令官は第二代小林与喜三大佐であった。その後、守備隊は急速に強化されて、十八年には千島第一守備隊が新設された。赤黄男が千島第一守備隊の下、どの部隊に所属したかは、詳らかでない。

では、赤黄男はいつ帰還したのだろうか。『定本・富澤赤黄男句集』(同刊行会・昭40)の「年譜」には「昭和17年11月、善通寺本隊へ帰隊」とあり、他の多くの「年譜」もこの記述を踏襲している。しかし、これは大きな誤りである。「戦中俳句日記」の昭和十八年にも北千島で作った俳句や文章があり、「琥珀」にもそれらの俳句が軍事郵便で送られ、掲載されているからである。「年譜」の中でただ一つ例外なのは、「俳句研究」昭和四十六年三月号の「特集・富澤赤黄男」の「年譜」で、そこには「昭和18年11月、善通寺本隊へ帰隊」とある。また、三橋敏雄も朝日文庫の『富澤赤黄男　高屋窓秋　渡邊白泉集』(昭60)の「解説」で、「同十八年十一月、善通寺の本隊へ帰隊」としている。赤黄男が昭和十八年十一月に善通寺の本隊へ帰隊したという記述は「戦中俳句日記」や「琥珀」にはない。根拠となる資料はあるのだろうか。もしないとすれば、唯一の根拠は赤黄男の兵役年数から割り出した記述ということになる。赤黄男は大正十五年十二月に現役兵として広島工兵隊に入隊。その後、予備役を経て、後備役十年の兵役義務の終了するのが昭和十八年十一月に該当するのである。これはかなり信憑性が高いと言えるだろう。

前にも触れたが、「北千島に転戦六ヶ月／其後の作品を之より記す」と記された以後に詠まれた句は「岩香蘭(濃霧《ガス》)」と題された二十八句だけである。そして、それらの句は、

国の果ての島はかなしも絶壁なせり
風の中われはオロシヤの山見たり
流木よこゝは祖国の果の果て

などと詠まれたように、全て占守島で詠んだ句である。この二十八句は、「戦中俳句日記」の次の頁に「北溟」

二と改題され、十五句が推敲されて記されている。そして、その冒頭に「昭和十九年／琥珀二月号原稿　二月二日送稿」と記されている（「北溟」の十五句は「琥珀」昭和十九年三月号に掲載された）。この「二月二日送稿」とあるのは送稿日と「琥珀」三月号の発行日とのタイムラグを考慮すると、占守島から送稿したのではなく、帰隊した善通寺本隊から送稿したと判断するのが妥当だろう。したがって、赤黄男は占守島の千島第一守備隊の戦局が悪化しつつある中、後備役十年の兵役を終えて善通寺に帰隊したと看做すのが妥当だろう。その後、「戦中俳句日記」には「昭和十九年三月十五日／召集解除以後の作品」という記述が赤鉛筆で記されている（注・赤鉛筆による記述は後日の追加記述）。したがって、赤黄男は昭和十九年三月十五日に召集解除となったことが分かる。「琥珀」昭和十九年四月号の「編集後記」にも「久しく前線にあつて御健闘されてゐた富澤赤黄男中尉が芽出度く帰還された。」とあり、「琥珀」の関西の俳人たちと久しぶりに歓談したことが記されている。

では、赤黄男は北千島に出征した以後の俳句や文章を何に記したのだろうか。「年譜」には昭和十六年九月二十八日、再度動員令が下り、その翌日の記述として「9月29日、「新今春」にて同人と昼食をとり送別会。四谷警察署に拳銃をとりに出頭。家族、親類と夕食をともにして、7時30分出発する。」とある。また、安住敦によれば、その出発に際し、赤黄男は「将校行李の中に菱山修三氏の「望郷」と、高村光太郎氏の「智恵子抄」と、そして貴兄自身の「天の狼」の三冊だけを入れて行かれた」（「赤黄男への書信」―「琥珀」昭17・1）という。「戦中俳句日記」の中の北千島要塞守備隊や千島第一守備隊の期間に記された俳句には「琥珀」に掲載されない句も多く記されており、また記述の年月日も記されている。これらから推測すると、「戦中俳句日記」も将校行李の中に入れていき、北千島を転戦中にそこに俳句や文章を書いたとも考えられる。

しかし、赤黄男が北千島の守備隊に就いていた期間は、既にアッツ島、キスカ島を失い、北千島へも米軍の空爆が行われている厳しい戦局を迎えていた。そういう状況下で、ペン書きで文字の乱れもなく俳句や文章を書けるものだろうか。「戦中俳句日記」の北千島出征前と出征後の俳句と文章の文字を較べてみると、共に同じペン書きで、文字の乱れも見られない。他方、「戦中俳句日記」の昭和十六年九月二十八日には「再度の応召、／勇躍出発した、／（今後の日記は別冊に記す）」と記されている。これらを勘案すると、赤黄男は北千島に出征するに際し、別冊のノート類を持っていき、それに俳句や文章を書き、帰還後、そのノートから「戦中俳句日記」に転記したと推測するのが妥当であろう。

十二　北千島の風土・防衛状況・占守島での俳句

ソ連領（注・現ロシア領）カムチャッカ半島の南端ロパートカ岬と海峡を隔てた占守島、その南西の幌筵島など、北千島の島々は厳しい風土が想像されるが、実際はどんな風土だったのか。北千島海軍警備隊の歌の一節に、

　ここは千島の最北端
　霧と氷にとざされて
　酷寒零下二十余度
（略）

というのがあるという。伊藤春樹海軍中将の「北千島守備隊降伏せず」(既出)によれば、冬期を中心に目を開けて歩けないようなはげしい地吹雪と、一寸先も見えなくなる北海特有の霧がたちこめる厳しい風土だという。八月に入ると名物の霧は薄らぐが、海上は荒れる日が多くなり、海水は冷たく、短い夏の間だけサケ・マス漁業が行われる不毛の僻地だという。

北千島の防衛については、アッツ島とキスカ島を米軍に占領された後、北千島が北東方面の最前線となった。だが、キスカ島撤収の頃(昭18・7・29)、北千島はわずか三千の兵力で、陸軍機は一機もない貧弱な防備だった、という。陸海軍は急遽、防衛強化を行い、十八年八月にはキスカ島撤収の北海守備隊を千島第一守備隊に、第51根拠地隊を千島方面根拠地隊などにそれぞれ改変した。八月十二日には早くも米軍機が幌筵島を爆撃した、という。十月には千島の全兵力は二万七千に増強された(『一億人の昭和史　日本の戦史9　太平洋戦争3』毎日新聞社、昭55・2)。

伊藤海軍中佐によれば、

千島各島の重要軍事施設および軍需品はすべて横穴式洞窟に隠蔽格納され、二万の兵力が約一ヶ年戦うに十二分な量が確保されてあった。占守通信隊の送受信室はもちろん居住施設も、別所ガ丘のしたのトンネル式地下施設に造られてあった(「北千島守備隊降伏せず」既出)。

という。

赤黄男が占守島守備隊で詠んだ句の中には、

濃霧《ガス》あはれ雷鳥きろ〱と鳴けば
凍土《つんどら》はさみしからずや昼の月
北海は海豹泳ぐときむらさき
海猫のオホツクの海くれんとす

大虹やあゝ虹鱒は溯る溯る
国の果の岩山に咲ける菫かな
這松の群落よ雨ふかくふる

など、北千島特有の風土、気象、陸や海に生息する動植物などを詠んだものが見られる。また、

流木はあはれ　南へ向いて流れよ
流木よこゝは祖国の果の果て
国の果の孤島あはれや　絶壁なせり
さびしさは霧より白し石楠花の花

など、望郷の念や孤独、孤絶感の滲み出たような句も見られる。

十三　赤黄男俳句の誤字・仮名遣いおよび文法的な誤り

「戦中俳句日記」は私的な記述なので、公に発表する俳句や文章と比べて、かなり誤字・脱字・仮名遣いや文法的な誤りが目立つ。誤字については特定の漢字の誤りが繰り返されている。「怒」を「恕」と書き、「雫」を「滓」と書く誤りが特に顕著である。そのうち、「雫」については「滓」や「滓」と書いた誤字が、その後、

句集に収められ、訂正されないまま今日に至っている。

1　むらさきの花咲きてより滓せり　『天の狼』
2　かん〳〵と鐘鳴るときの花の澪　『天の狼』
3　鶴はなく雲の滓に盲《めつぶ》れて　『天の狼』
4　国の阿呆　ただ燎乱と雪滓　『蛇の笛』

1・3・4の「滓」は「雫」の誤りであるが、『定本・富澤赤黄男句集』（同刊行会・昭40）では全て句集どおり「滓」という誤字になっている。その後刊行された林檎屋版『富澤赤黄男全句集』では全て「雫」と正しく直されている。1の句は「戦中俳句日記」および「旗艦」昭和十六年三月号でも共に「滓」という誤字になっている。3の句は「旗艦」昭和十年十二月号では「鶴の目は雲の雫に盲《めつぶ》れぬ」とあり、正しく「雫」の文字が使われていた。4の句は「太陽系」昭和二十一年五月号では「春近ければ燎乱と雪雫」とあり、正しく「雫」の文字が使われていた。これらのことから勘案すると、赤黄男は、存在しない「滓」の文字を「雫」の正字だと勘違いしていたと思われる。

問題は2の句の「澪」の文字である。この文字は「みお」と読み、意味は①河や海の中で船の通行に適する底深い水路。②航跡。この句は「戦中俳句日記」では「かんかんと鐘鳴るときの花の澪」とあるが、「澪」の文字は最初に「滓」と書き、後でその上に「澪」となぞって書いた痕跡がはっきりしている。これは私の推測だが、赤黄男は「雫」という文字を混乱して「澪」としたのではないか。「花の雫」なら、句の意味はすっきり通る。「花の澪」では見立や暗喩の読みが要求されるが、どちらにしてもしっくりとは定まらない。この句は「旗艦」昭和十六年四月号でも『天の狼』と同じく「花の澪」となっている。

次に、赤黄男の句で表記に最も違和感を抱くのは、

黒い手が　でてきて　植物　をなでる　『蛇の笛』

の「植物　をなでる」という一字空白表記（分ち書き）である。一字空白表記は一文節ないし連文節の下に空白を設けるのが大原則。言い換えれば、一字空白の後の文節は必ず自立語から始まり、付属語から始まることはない。この大原則を当てはめれば、赤黄男の句は「植物を　なでる」とならなければならない。赤黄男の一字空白表記の句で、この大原則を破っているのはこの一句だけである。しかも、この句の初出の「火山系」昭和二十四年一月号では、

黒い手が　でてきて　植物を　なでる

という大原則に基づいた一字空白表記になっている。したがって、『蛇の笛』を編むときの誤植、校正ミスと判断せざるを得ない。

『黙示』（昭36）の代表句、

草二本だけ生へてゐる　時間

は、初出の「薔薇」昭和二十七年十月号および『黙示』において、共に右記のように「生へてゐる」となっており、初出の「薔薇」昭和二十七年十月号および『黙示』において、共に右記のように「生へてゐる」となっており、仮名遣いの誤りがあった。『定本・富澤赤黄男句集』（昭40）でも「生へてゐる」のままの表記で収録されているが、その後、いつの間にか「生えてゐる」と正しく表記されるようになった。それと同様に、「植物　をなでる」も、「植物を　なでる」と改めるべきではなかろうか。

赤黄男の句の誤字や、表記および仮名遣いなどの誤りに限らず、そうした誤りの問題を一般化して考えた場合、訂正のルールは確立されていないのが現状である。有名な誤りの例を挙げれば、

1　蟻台上に餓えて月高し　　横光利一
2　河ほとり荒涼と飢ゆ日のながれ　　高屋窓秋
3　春の山屍をうめて空しかり　　高浜虚子
4　母死ねば今着給へる冬着欲し　　永田耕衣

傍線部における仮名遣いと文法的な誤りを正せば、1「餓え」→「餓ゑ」、2「飢ゆ」→「飢う」、3「空しかり」→「空しかる」など、4「死ねば」→「死なば」となる。しかし、これらの句の誤りは生前の作者によっても訂正されず（作者が気づいていたか否かも判然としない）、また、作者の死後における様々な書物においても訂正されることなく、今日に至っている。いわば、作者の著作権が継承されているようなものだ。

だが、冷静に、客観的に考えてみると、たとえば、赤黄男の「草二本だけ生へてゐる　時間」の句が、赤黄男の死後の刊行物で「生えてゐる」と正しく改められ、定着しているのに、これらの四句（他にも多くの句があるが）が誤った表記のまま踏襲されているのは、大きな矛盾である。横光利一の句はこの表記による有名な色紙が遺されているからといって、それによってこの句の表記上のプライオリティーを主張できるのだろうか。小説や評論など散文作品を中心とした校訂作業では、誤字・脱字・仮名遣いや文法的な誤りなどは正しく校訂されるのが一般的である。俳句の場合も、校訂に関する何らかのルールが今後確立されるべきであろう。赤黄男俳句の誤字、一字空白表記や仮名遣いの誤りにちなんで、一般的な問題提起をしておきたい。

〔主な参考文献〕
伊藤正徳・富岡定俊・稲田正純監修『実録太平洋戦争　7』（中央公論社・昭35）
秦郁彦『日中戦争史』（河出書房新社・昭36）
防衛庁防衛研修所戦史室『支那事変陸軍作戦〈1〉』（朝雲新聞社・昭50）
防衛庁防衛研修所戦史室『支那事変陸軍作戦〈2〉』（朝雲新聞社・昭51）
イリヤ・イリフ、エウゲニー・ペトロフ『十二の椅子』（筑摩書房・昭52）
『一億人の昭和史　日本の戦史3　日中戦争1』（毎日新聞社・昭54）
『一億人の昭和史　日本の戦史4　日中戦争2』（毎日新聞社・昭54）
『一億人の昭和史　日本の戦史9　太平洋戦争3』（毎日新聞社・昭55）

藤原彰『昭和の歴史5　日中全面戦争』（小学館・昭57）
「未定」富沢赤黄男生誕百周年記念特別号（第83号・平15）
古川隆久・鈴木淳・劉傑編『第百一師団長日誌　伊東政喜中将の日中戦争』（中央公論新社・平19）
「鬣」特集富澤赤黄男資料（第34号・平22）
「夢幻航海」（第76号・平23）
高橋龍『人形舎雑纂』（私家版・平27）

II

新出資料

『富澤赤黄男戦中俳句日記』——翻刻——

〔凡例〕

1　一頁を四分割して、それぞれの枠内に原典の一頁分を収録した。

2　旧漢字は原則として新漢字に改めた。

3　誤字・脱字・仮名遣いの誤り・文法的な誤りなどは、原則としてママとした。

4　人名・書名・別インクによる記述などには適宜注を付した。

蒼い弾痕 （十二年〜十四年）

○
戞々とゆき戞々と征くばかり

○
人馬ゆき
雲はしづかに　流れたり

○
落日をゆく
落日をゆく
真紅い中隊

○

『雨の行軍』

ポケットに
妻の手紙が　ぬれてゐる
吾子

○『ランプ』
―潤子よお父さんは小さい支那のランプを拾つたよ―、

✓落日に支那のランプのホヤを拭く

✓やがてランプに戦場のふかい闇がくるぞ

灯はちさし生きてゐるわが影はふとし

靴音がコツリコツリとあるランプ

銃声がポツンポツンとあるランプ

灯をともし潤子のやうな小さいランプ

このランプちいさけれどものを思はすよ

藁に醒めちさきつめたきランプなり

『蒼い弾痕』

○銅盤の入日
傳騎が駆けぬける

○秋風の
まんなかにある
蒼い弾痕

○秋ふかく飯盒をカラカラと鳴し喰ふ

○芦ゆけば　迫撃砲が　小癪なり

○断雲よ
地にあるは
十五糎榴弾砲

・○まつかふに雲耀~~ける~~かせ

・○強行渡河

・○天も地も涸けり
麦の穂は∫（に焦燥だち）光る

・○麦とがり、　~~とがり~~尖り
徐州は　遠からず

・○人も
馬も
砲車も
麦の穂も
尖《とが》る
烈風

◎風白く
便衣《くせもの》隊は　兵匪は
藍く縛らるる

◎兵匪
捕虜を斬る
キラリ　キラリと
水ひかる

◎サンサンと
陽のこぼれくる
捕虜を斬る
兵匪を

◎進発◎

○ 進発の
霜に　尿は
いさぎよし

◎

・霜天へ
三百の銃突つたてる

◎

○ しろがねの
弾丸こめたれば
霜きびし

◎

三百の銃
蒼々と
日輪《ひ》をよぎる

木の実

・砲音の輪の中にふる木の実なり

・赫土は弾子と木の実ところがせり

・唐土《もろこし》の馬哭きければ降る木の実

枯　野

・梅干の紅が目にしむ枯野なり

・梅干は酸ゆく流弾こそばゆし

・流弾に嚙んで吐き出す梅のたね

武漢つひに陥つ　「戦の果」[1]に吾は生きてありき
—われなほ生きてあり—

眼底に塹壕匍へり赤く匍へり

耳底に紅い機銃を一つ秘む

網膜にはりつひ《(ママ)》てゐる泥濘なり

胸底に灰色の砲車くつがへる

めつむれば虚空を赤き馬おどる

掌が白い武漢の地図となれる

吾はなほ生きてあり山河目にうるむ、

『空中戦』

✓○ 湖はしんしんとある空中戦

・ 灼熱の地はとろとろと空中戦

✓○ 日向《(ママ)》葵の貌らんらんと空中戦

✓ 罌粟の花うつつとある空中戦

○ 炎々と~~人~~馬地に焦げ[2]る空中戦 ~~ま流れ~~

『あるときは』

○　青芦をうちそよがせてくるは軽機《チエツコ》

○　鱗雲　流れ弾きて流れたり

・　寒月よわがふところに遺書もなし

『霖　雨』

・　塹壕の腹がまつかに雨がふる

屍も地も赫ければ雨ひかる

○　雨あかくぬれてゐるのは手榴弾

『塞（ママ）山寺』

○　鐘つけば春雨の音鐘の音

○　壁くらく「月落」の詩にゆきあたる

○　石ずりの墨のにほひのあまき雨

○　雨ほそし魚板の魚は瞳をつむる

『寒　林』

・　寒林に傷兵チヨロ〳〵と火を焚けり

寒林に飯あたゝめて喰ふべし

・　寒林にあつき飯くらふはいくたりぞ

・　寒林に故郷とほき飯をくふ

『夕　焼』

赤い土ほろ〳〵と甃馬埋りゆく
赤い土こぼるれど甃馬めつむらぬ
甃馬うめて輜重コトコト去りゆけり
夕焼に草の実紅く散りてゆけり

『アンペラ』

・二日月とがりけだもの甃馬《うま》を喰ふ
・アンペラに寝る禁慾のをとこなり
・月ほそくわがみる夢はなまぐさく
・アンペラの日輪にむきけふも顔洗はぬ

『雁、山鳩』

○繃帯の血のにじむ夜の雁鳴きわたる
・山鳩ないて戦場ふかくきたれるかな

『落　日』

鶏頭のやうな手をあげ戦死《し》んでゆけり

『濤の音』

風昏の帆は裂けて
忘却のマストにたれさがり
わが海図はかく汚れたれど
きゝたま~~はず~~（へや）や
孤独の舵輪から〳〵と鳴る濤の音を

不発地雷（十五年）

（注・「十五年」は「十四年」の誤り）

ある戦場

○困憊の日輪をころがしてゐる戦場（地平[3]）

○幻の砲車を曳いて馬は斃れ

○彷徨へる馬郷愁となりて消ぬ

○一木の絶望の木に月あがるや
蒼茫の風の彼方へ死にゝゆく

秋　I

○

滾《コン》々と水わき｛湧き｝あつきわがいのち

・

生きてゐて煙草のうまき秋となる

戦場の夜はしろがねのすゝきの穂

秋　II

戦聾の雨だれをきかんとはするか

戦盲の黙々とあり物を喰みつ

芒野をゆけば隻手の袖さむし

不発地雷

○

戦闘はかくまで地のつめたさよ

○

戦闘はわがまへをゆく蝶のまぶしさ

○

泥濘の昏迷を匍ふ毛虫となり

・

生も死も地平の雲と駆けめぐり

○

一輪のきらりと花が光る突撃

○

花が咲き鳥が囀り戦死せり

○　雲ながれ雲がながれる不発地雷

・　蒼々と死を研ぎすませ二日月

・　肩を抱けばいのちはひたと露ぬれたり

○　めつむれば祖国は蒼き海の上

月蝕

・　犬《い》肉《ぬ》を啖《く》へば魂風になまぐさし
　　犬肉を啖へば天上月は蝕けんとす

・　犬肉を啖ひわれら政治のことは知らず

・　犬肉を啖ひわれ文芸のことは知らず

江岸要塞図

○魚光り老文明は沖積せり
○回想は鶴要塞をかゞやき翔《と》び
○執着の砲座は昼の月をのこし

○陽炎に砲身迂愚の裸となる
○要塞に烟と瓜の蔓からまり
○江光り艦現実を溯る。

神々

○地平線空間にあり人祈る闘ふ
○地平線羊ましろく生殖す
神人間を創りては捨て地の涯に

人憤り神冒さんと地に現るる
神恕《(ママ)》り神恕《(ママ)》り人消えゆけり
いまは胴体を赫土にのせたてまつる

○　地平線傷兵はいま神をつぶやき

○　夕映えて無神論者の戦友よなし《亡》

　　土色の黄昏色の頭ののこれる

十五年、四月六日

○　大陽(ママ)は泥にすぎない

○　この腐敗した脳漿の中へ、一粒の真珠を落さう。

……

お白粉瓶の中のガラス玉のやうに。

○　鋼鉄を唄はす鎹帯《ベルト》。『柔軟の力』

○　人間の顔にある山脈、僕は雲を画かう。

東洋の雲

○　風錯落錯落とある焚火かな

○　焚火してあるとき蒼き海となる

○　息つけば東洋の雲といへるが飛び

○　人多く死にたる丘の風と鳥

・　壊滅の村落しろく雨だるる

○　蛇よぎる戦にあれしわがまなこ

風、夕日、鴉、斥候、地平線

○ 兵燹をみるあめつちに我は孤り

兵燹に暗愁の屋根空《くう》へ反《そ》る

夜の木

落葉をかきまはさないで下さい

風が目を醒すといけませんから……

十五、四、

戦の詩

○ 運命を凝視むれば地に鉄甲

○ 石塊となり兵団となり雪となり

○ 炎の雲を馬はたらりとたれさがる

○ かの砲車傾けば野のかたむけば

○ 弾々を担ふ宿命の雲をも《（ママ）》く

○気球なりあゝ現身のゆれんとす

○狂燥の意慾ぴたりと装填す

激恕《（ママ）》とは真空にして炸裂す

○偶然を地雷をこゝに堀《（ママ）》りおこす

○地雷まろ〳〵ほりおこしたる雲のつめたさ

○戦車ゆき人終局にたちまよふ

意志ありて追憶の貨車のびちぢみ

流星の微塵の夢の夜を生きる

○草の香よ愛慾とへだたれるかな

兵睡れ綱《（ママ）》鉄の月は地に突っ立ち

○ひと恋へば大湖の夜のこのむらさき

夕日

太陽は地平線の上にゐる
麦の穂の痒さに
赫くなつて

十五、三、

阿呆の大地　十五年

阿呆の大地

○蛇となり水滴となる散歩かな

○愛慾の淋漓とみたる白い茎

○鶴渡る大地の阿呆日の阿呆

○豹の檻一滴の水天になし

○日溺没《落つる(4)》流砂のおもたさに堪えず《(ママ)》

○白日の麦の穂はなせ（ママ）痒いのか

○海鳥は絶海を画かねばならぬ

○蒼海が蒼海がまはるではないか

○雲、雲はかの花びらは崩れたり

○要塞を画き黒き砲画き疲れたり

○蚤~~はねて~~《はた〳〵の》[5]赤い風車の花のまぼろし

○太陰のをんなのしづかなる暴風《あらし》

○蝶ひかりひかりわたしは昏くなる

○黴《かび》の花イスラエルからひとがくる

四月一日、

夜の言葉

蚤が羞しがつてゐる

だつて、
わたしだつて
痒いんですもの

そこでわたくしは、
責任を訊《と》はれなければならないだらうか。

春日記

○ 椿散るあゝなまぬるき昼の火事

水平線[6]の

○ 空想の限界に浮き花雌蕊

○ 花粉の日鳥は乳房をもたざりき

○ 花粉とぶ倫理は水とながれたり

○ 春睡はしろき花粉をみなぎらし

○ 葩散りて赤い傷ふくわが季節

○ 風光る蝶の真昼の技巧なり

○ 窓あけて虻を追ひ出す野のうねり

女Ⅰ

○ 日の溢れ腹のおもたい魚およぐ

女Ⅱ

○ チューリップ　この日五月の日傘をさす

女Ⅲ

○ 春の夜の建てゝ壊した緑の家

○花くれなゐ　姦淫をする勿れと説く

○春を灯し山陰道へゆかばなや（ママ）

○わが日記尺取虫は壁を匍ふ

雲を擲つ

○詩涸れて雲擲つしろき我が拳《こぶし》

むなしさはわが背を犬の吠えやまず

詩涸れぬ泥人形を膝にのせ

○詩涸れて蒼天の石掌に焦（ママ）ける

○詩むなし河床に炎える一匹の牛

葡萄炎える画

○葡萄炎え~~遠くに蒼き波濤光る~~（たらりたらりと光る湖）

蛇はしる（交る）葡萄きり／＼（蔓がの捲）捲いて蔓

葡萄炎（え）ゆしろき裸体に抱かれて

雑　草

○ ~~きりぎりす蒼し~~ 青き虫匍ふ 地底に立つ火柱

○ 炎天の巨きトカゲとなりし河

○ 藻の花がさく人間に流離あり

汽車はしる疎林はばら／＼となりて

汽車出発てりビロード青き黄昏を

街路樹に彳てばさすがに孤独なり

○ 運命の悲劇……不発地雷

○ 追憶は魂の携帯糧秣だ

○ 戦死は宇宙の調和

○ 怖（ママ）しいのは静寂

○ 破戒…も美しい

陽炎　（旗　艦）九月号
（俳句研究）九月号

○炎天に蒼い氷河のある日向（マヽ）葵

○鶏交り太陽泥をしたゝらし

○陽炎はぬら〳〵ひかる午后のわれ

○水色の木蔭の嘘のすゞしさよ

○黄昏れてゆく、あぢさゐの花にげてゆく

○おもかげに水泡《うたかた》のぼりきては消ぬ

十五、八

ある民族　旗艦九月号

○ある夜は呼吸とめてきく長江の跫

○民族の郷愁　鶏を焼くにほひ

○黄風にとほく家鴨を裸にす

○水車踏む悠久にして黄なる地

○銅幣《どんぺい》を掌にうらがえし秋風裡

○瓜を啖ふ大紺碧の穹の下

○烈日を溶か~~すべく~~《さんと》罌粟を咲かしむる

烈日

◎旗艦九月号

◎ 炎帯は
烈日の 日に吼ゆる したゝりは 鮮烈の口あけて虎

◎ 揺れてくる家鴨 鶩鳥 緑の焔《ひ》の風景

◎（印は旗艦九月号へ送稿） ↓これは「戦中俳句日記」にある記述。

烈日
たれさがる
爬虫類蒼き炎ともえ地に滴るる

◎ けだものに樹林の青き焔の柱 棕櫚 い煙が匍ふ

◎ 烈日を溶《と》く毒薬の沼の色 溶かすべき毒薬の沼
烈日を溶かすべき紅の罌粟

孤独

恐しい声で虎が吼える
灼熱の日に、なにげなく 絵に 画いた虎が
突如(ママ)、怖(ママ)しい声で吼え出し ながら
からひらりと躍り出て虎は何故かあたふたと
窓の外へ逃げ 駆け 失せてしまつた
僕はあわてて
忽ち黒い砲を 門 画いて据えたけれど
その(7)
砲は逐(ママ)に鳴らなかつた。

「眩日」[8]

水色の蛇手にまかば涼しからん

「影」[9]

◎　月の道われは蛙をひきつれて

八月廿日

食ふために全力を傾倒して働くことは潔よい（ママ）。そのための極度な疲労も、案外心軽く、何処か爽涼とした味があるやうだ。身体は確に疲労してゐるのだが、その疲労に伴ふ心の苦しさがないことは、その疲労を非常に軽くする。

僕はいま、「勤め」るといふことを初めて知つたのらしい。そして眼のまはる多忙さの中に、かへつて「積極的な喜び（ママ）」といつたものを味つて、吾ながら不思議な気持だ。僕はこの年齢になつて、「多忙」といふことを知つた。これからは、凡ゆることに対して全力を傾けることが出来る気持がする。三ヶ年近い戦場の生活が今の僕に変化さしたのだと言ふべきか。

八月廿日　夜、

○昨日は、新井哲夫君[10]から来信があつた。広島の方へ出して呉れたのが、「府中町」[11]を書き落して（ママ）ゐたのだからおもしろい、転々と遅れて漸く昨日手に入つた。広島から送つた僕の「現代俳句」[12]の御礼と簡単な批評が書き述べられてあつたが。矢張り新井哲さんの昔のまゝを感じることが出来る手紙であつた。一度早く会つて話したいと思ふ。

○改造社[13]から句稿料を送つてくれた。潤子の貯金箱へ入れる

○高篤三[14]さんからも、僕が安住君[15]の依頼で書いた、高氏の句集「寒紅」[16]の批評に対して御礼の葉書が来てゐた。「月曜」[17]にのせるとの由、

○　鉛のやうに重量のある詩
　　淵のやうに深色のある詩　＞がみたいものだと思ふ。

○　堀辰雄の「雉子日記」を買つた。まだよまぬからなんとも言へぬ。

○　如何にして自分の時間を作り出さうか、といふことが、いま僕の心をおびたゞしく焦燥せしめる。が、自分の時間が出来たと思つた時が必しも（ママ）、自分の時間でなかつた結果になり勝だ。

○　メロンの実のあの淡い黄色の、水気色を帯びた澄純な《さ》ものを渇仰する精神のある「流れ」

八月廿一日
棘のない覇王樹を想像すると、ある愉しい呆然さと、鈍感さがある。それにちよつぴり食慾が起きる。

人尠しかの陽の色の酸つぱくて。

八月も過ぎた、ともかく多忙な月であつたが、よく我ながら身体を耐え（ママ）てこられたものだと感心する。

九月一日
改造社の俳句研究への送稿がまだ何んにもまとまらない。なんとかして送りたいとは思つてゐるが、

こんなに時間がない上に疲労が激しいやうでは、到底おぼつかない気がする。

九月四日、
旗艦九月号二冊送つて貰つた。本月には並山君[18]の作品を批評しておいたが、読み返してみると、なんだか変に混乱してゐやしなか（ママ）と（ママ）も思はれる。作品は、「ある民族」と「陽炎」と「影」とを出した。愈々[19]十月号から新しい体制で進むことになる。少し頑張つて書かないと駄目だと思ふ。
[20]西東三鬼もいつたらしい、安住君の話で知つたが。あの男にはどうも親しめないものがあるやうだ。

買いたい本
○　宮沢賢治集　全三巻、
○　ルナール日記　全七冊、
○　大言海　一、　　○　器用貧乏
○　大植物図鑑　一
○　大動物図鑑　一
○　大昆虫図鑑　一
○　大貝殻図鑑　一
○　大魚類図鑑　一
○　大鳥類図鑑　一、
○　あらゆる画集、

現在読みたい本読み返したい本、
○　モオリアック　の作品、
○　源氏物語、
○

旗艦十月号へ

夜の歌　五章(21)

○　風荒ぶ夜《よる》は孤島と目を醒むる　✓

○　月のふる夜は木の葉の翳に棲む

○　雨けむる夜は花弁《びら》と閉ぢてあり

雪つもる夜の現世の遠さかな。

○　雪つもる夜は深海の魚となる

○　花のちる夜はけだものと地を匍ふ

〈　眼　〉

断崖を

絶壁を

かの青龍刀の如きジヤンダルム、を

＊ここで日記帳三枚がカットされている。

〈九月〉

ひもすがら。

海藻をあつめ。

花籠《莚》を編み。

よもすがら

海の歌を《うたひ》

星を飾り

〈九月〉

ひもすがら。

波が編む。

藻の花莚。

よもすがら。

星ちりばめて鳴る。

オルゴール。

九月十三日
　四谷箪笥町六八番地に家を見付けて早速引越す。
　森岡君手伝に来て貰つて大いに助《ママ》る
　市会儀《ママ》員で弁護士の岡蕃氏の邸内（門内）にある
　借家仲々しやレてゐて手頃なり
　階下
○玄関仲々よろし
○二畳……順子の机と本箱、但し我が手製の石油箱
　を二つ立てたもの
○四畳半、箪笥《ママ》を一つおく
○三畳　　茶柵をおく、鏡を据《ママ》える

○階上
八畳　　書斎、客間、南と東が窓、仲々凝つた
ものなり、一間の床間と一間の違柵《ママ》、袋戸棚付、
　電気シエードも買つた、
　茶ブ台　一つ……（赤い鎌倉塗のもの、美しいもの）
　潤子　文机一つ
　あれこれと世帯道具
　　　　但し一揃へとは言ひ難し

〈走る~~もの~~〉
~~樹~~垣根も走る。
人も走れ。
河は流れてゐるか。
河走れば。

雲が~~走る~~止る(22)。
風がとまれば。樹が~~とまる~~はしる(23)。
石塊は走つてゐるか。
なにもかも走り。
なにも~~かも転回せよ~~走らない(24)。

九月十七日
風雨甚だ強く烈しく
隣家の藤柵（ママ）が壊へた。
身体の方仲々疲労回復せず

○夜九時半
水谷砕壺[25]、あつし[26]、克己[27]、鷹一郎[28]、坂口[29]、
それに、大阪から藤木清子[30]氏上京にて同導（ママ）、
訪ねて来られた、

九月十八日
府中町　松野[31]、吉川へ手紙を書く、
身体まだ疲労回復せず一日休養、

九月十六日
詩集『絶景』を購ふ、（草野心平）
白装禎のいゝ詩集だ、ぼつ〳〵灼豆《イリ》を嚙むや
うに読み、嚙みしめてみる

九月廿一日
午后三時清[32]、潤子、規子、三人連にて銀座事ム所まで
来る。吉祥寺は都合にて後日に延した由、松屋の六階
にて落合ひ、銀座千匹屋（ママ）へ行く、
水谷砕壺君と四時会ふ約束にて一同と共に行き砕壺君
と会ふ、家族を一足先に帰宅せしむ。
直ちに街を歩きながら、とりとめもなく話す、
潤子に童話の書を頂いた、
「旗艦」を「日本俳句」と改称（ママ）する事をすゝめる
但し仲々難しいだらうとの話。
日本短歌に~~比較して~~ならつたといふわけではないが俳句にも「日本俳句」あるべき
を昨夜考へ、且つは時局の上に新しい体制をとる時機
なれば思ひ切つて「日本俳句」と改名する事を良策と
考へたので一応意見として述べておいた。
日本伝統の美しい詩をあくまで正統に伸展せしめなけ
ればならぬ。

◎　蟇は腹で歩かうとして
　　臍を失くしてしまつた。

◎　駱駝は背で風を切つて歩いて
　　大きな瘤を出した。

◎　人間は頭で歩かうとして
　　禿になつてしまつた

〈追　憶〉

風にゐて花の遠く。
闇にゐて影の近く。
灯をともして幻も無し。

九月廿日

九月廿二日
「歌のわかれ」[33]を読む。

九月廿三日
今日は秋季皇霊祭で昨日と引きつゝ(ママ)き休む。
午后　神田の古本店を漁りに出る。
宮沢賢治全集第一、第二、第三巻を購ふ。
昭和十二年版の青布表のもので全三巻十円、懐に十円五十銭、漸く瞳をとぢて買つてしまつて、なにかほつと息を吐いた気持だ。
あとはまたなんとかなるであらう。

前橋の新井兄、
並山摂
三木閣下、鈴木八郎氏[34]へ御手紙を差上げる。
並山君から昨日来た返事を書いて、新居の通知をしておく。

九月廿四日、火
吉祥寺の叔父[35]さま、わざ〳〵遠路を訪ねて頂く。家の最適さを頻りに賞められた由、結構な器物を多くさん貰つて恐縮の外なし。
夜帰宅後早速御礼状を差出す。

九月廿五日
三木閣下より御返事を頂いた、家の定つた事を喜んで頂いた。

○「俳句住宅」……といふ題名で何か書きつゞけてみようと思ふ。
夜は疲れ果てて読書も出来ぬ。無為で怠るく坐つて時間のみ過ぎてゆく。書かねばならぬ。まとまつたものを書かねばならぬ。

〈暖　流〉

海に溢れる。

魚の卵。

島の上に。

~~まるい雲。~~

肉体はまろくなる。

〈波〉

藻は髪を梳き。

ゆらり　ゆらり。

水色が　揺れ

空もゆれ。

　　夢は貝殻色にゆれ。

〈寒　流〉

氷壁にとぢこもり。

あー。

ピストルを発射せよ。

九月二十九日

日独伊三国同盟成る、

文化の交流と発展の上に如何なるものを加へるであらうか。この[36]同盟は政治と経済と軍事の上に素張（ママ）しいものである~~しともは~~かもしれなが（ママ）文化の上に更に大きなものを加へられなければなるまい。

九月三十日、[37]就職　定住居の挨拶状を各位へ出す。

十月一日　東京の誕生日、

十月一日正午

東京防空演習初日、

十月八日
風邪をひた《ママ》、仕事を休む、
読書も出来ない、読書が出来るなんて風邪は贅沢かもしれない
十月十二日
風邪全治せず、成島課長、見舞に来る、
十月十四日
今日も判つきりせず休む、

哲学夜話を読む[38]

ヒトラーわが闘争[39]を今日初めて読んだ、強烈な意慾、に打たれる。[40]が？

高橋広江氏の
文化と風土[41]を大半読み了へた、

読みたい本を書き抜いてはゐる、が仲々思ふ様に読めない、
旗艦へ原稿が出来ない、作品もない、焦る、

十月十四日、朝漸く作品と文章（砂時計）と書いた、自信なし、

雲のラッパ

I

○鱗雲《あゝ》かの澎湃とある群島
○鰯雲南を指すわがマスト
　積乱雲巨船大地より現はるる
○喨々と断雲が吹き鳴らすラッパ

II

○赤い花買ふ猛烈な雲の下
○———、
○朝焼の汚れた雲を洗濯する
○帆柱の雲を倉庫に積み上げる
○河涸れて雲を搬んでゆく車、
○夜の雲動かねばたゝ《ママ》ごとならず

夕焼の雲紋服をきてきたり

十月十八日　○印（十二月砂時計へのれる）

○ 赤土《くろつち》へ白線を引き　秋なれや　秋ゆけり
　き秋は去りゆき

○ 雲の水掬めば凛烈《ママ》たる季節

○ 秋の鶏陸より出でて馳ければ焔《ほのほ》
　馳ければへらへらと焔

○ 地[42]になにごとかある朝露弾《はじ》く
　地になにかある鶏群の齢

この秋はまこと妻子と鍋

十月廿一日

　船失せて海洞然と寝返りぬ

◎ 葦枯れて山脈キシキシと後すざる

『冬』

十二月号旗艦

○ 冬がくる火を噴く山は火を噴かしめ

○ 雪ふれば雪のしづかにふる、裸《はだか》

○ 冬天に牡丹のやうなひとの舌

○ 眼に古典　紺々とふる　牡丹雪

○ 冬薔薇　神をおそれぬその唇

冬影

旗艦一月

I

○ 冬天の黒き金魚に富士とほく

○ ~~冬蝶は雪崩の響をききにけむ~~
冬蝶のひそかにきいた雪崩の響

○ 蝶絶えて大音響の結氷期
（墜ちて[43]）

○ 風雪の火焔めらめらはしる雉

○ 断崖の冬かげらふの炎ゆるや快《よ》し
（ゆるるや快し）

II

○　鳥のゐる木々明暗に跫もなし

○　鳥失せて烟のごとく立つ枯木
　　　　　　　　　　（木の枯るる）

○　冬の川キンキンたればふところ手

○　夕風の馬も女も風の中

○　牡蠣うまし大焼雲を眉間にし

◎　妻は湯に冬夕焼の濃きかな
　　　　（われには濃ゆき冬夕焼）

×月×日

凍結した星をのみこんで、煙突の如く立つ。

×月×日

あれは、月が枯枝を折る音だ

×月×日

風よ、大海原へ押し出さうぜ

×月×日

今年も暮れた、

廻転扉を押して潔(ママ)よく外へ出やう(ママ)。

×月×日

凍雲の裏にある日の温さを思ふ。

×月×日

獅子は大草原の色になつて昏れてゆく。

季節

○冬日閑(44)　を(ママ)もきみどりの油たれ

○暮空《冬天》を赤牛の雲匍ひまはれ《り》

○焚火してつんざくものの音をきく

○海藻を焚けばしづかな冬《海の貌》の亀裂《かほ》

○藻を焚けば烈しき鳥は海へ墜つ

季節

I

○屋根々々はをとこをみなと棲む三日月

○木枯のひとは奈落に灯をいだき

○雪をきく瞳にくれなゐの花を灯し

○雪晴れのひたすらあふれたり微笑

○冬日閑々とおもきみどりの油たれ

○山脈昏るる冬雲赤き牛となれば

Ⅱ

○　藻を焚けば烈しき鳥は海へ墜つ

○　火を焚~~けば~~いてつんざくものの跫~~のあり~~をきく

○　リンリンと冬海鳥の張るつばさ

○　冬波に向(ママ)へばあつきわがめがしら

○　冬波に背向けば炎《あか》き常陸山脈

○　冬ふかき櫟は赤し日は赤し

虎（三月号旗艦）

○　爛々と虎の眼に降る落葉

○　冬日呆　虎陽炎の虎となる

○　凝然と豹の眼に枯れし蔓

○　日に憤怨(ママ)る黒豹漆黒《くろ》き爪を磨ぎ

○　寒雷や一匹の魚天を搏ち

○　馬馳ける冬まんだらの~~甘~~雲の影

○　からたちの冬天蒼く亀裂せり

縞　（三月号旗艦）

○枯葦の月の罅けゆく影ばかり

○海昏るる黄金の魚を雲にのせ

○草原のたてがみいろの昏れにけり

○火口湖は日のぽつねんとみづすまし

○海峡を越えんと紅きものうごく

○ひた〳〵と肺より蒼き蝶の翅

○蜂の巣に蜜のあふれる日のおもたさ

明暗　（三月号旗艦）

○早春の鶴の背にある光の輪

○鉄の門《と》の錆びたれば山脈青かりき

○木々の芽のしづかなるかな蒼空の音

○むらさきの花咲きてより澤《(ママ)》せり

○もくせいの夜はうつくしきもの睡る

○この宵のおぼろなるもの頰にあり。

湖の蒼き記憶の候鳥《わたりどり》

わが旅はひもすから《よもすがら》（ママ）鳴る冬の海

わが旅の名もなき丘の炎《ひ》の櫟

日の飛沫、雄＜鶏　猛然と宙を蹴る

断片、

炎天のきん／＼と鳴る釘を打つ

十字鍬ふりかむるとき地平線とほし

山嶺（ママ）の白雲へじり／＼攀づる道

○45

絶壁のわん／＼となる~~東つ青天~~とき碧落

むく／＼と地雷ふくるる夜の雨

二月二十五日

二月十五日
[46]「菊の歴史」を買ふ

二月廿日
物象詩集・・・・丸山薫を買ふ

三月九日
「芸術の運命」亀井勝一郎を買ふ

無音　　　四月号旗艦

○かんかんと鐘鳴るときの花の澪（ママ）

（注・「澪」は最初旁の部分を「雫」と書き、その後「澪」と上書きしてある。したがって、本来「雫」と書くべきところを、「澪」と誤つたとも考えられる。）

○絶壁のわんわんと鳴るとき碧落

四月十三日

○影はたゞ／紫草と 白き鹹湖の候鳥

○~~おぼろ夜は鶴水銀を噴きあぐる~~

○一本のマッチを磨れば｛湖は｝夜霧の湖

春雨の黒
~~山の雨~~牛《うし》は佛陀のごとく濡れ

五月十四日

村田有真君[47]愈々召集解除となる。永い間の御苦労で心から感謝せねばならない。並山君も喜んでゐる事と思ふ、今後亦依然と二人としてかつちり奮闘して貰はねばならぬ。早速村田くんへ感謝と激励の手紙を書く。

五月十七日

岩城真君から四国文学と朝日新聞とを送つて呉れた、朝日新聞愛媛版に、伊ヨの文人と題して坂本石創が随筆を書いてゐる中に、小生の事が出てゐたので、わざ〱送つてくれたものだ。故郷の事を大半忘れたいと念じてゐた小生にも岩城君の親身な心情には心打たれるものがある。いろ〱な不愉快（ママ）で寒々とした川之石附近への感情も、こうした彼の温い（ママ）、変らない友情のために、いつそ憎悪にまでゆかないところで僕の故郷への気持を救つて呉れてゐるのだ。君も元気でやつてゐるらしいので安心、

五月十七日　土

一時半　安住氏とコロンバンで会ふ約束をしてゐたので、少し早目に会社を出て、途中、紀伊国屋に立寄、一時半過ぎコロンバンに出掛けた。安住先着、待つてゐて呉れた、二時半砕壺に会ふつもり。

安住、小生の句集出版を薦めて呉れるが、何分自家版で出すとしても目下、直ちには金がないので困る、然し、六月二十日頃にはなんとかなるだうから（ママ）、直ちに準備にかゝつてもいゝやうにも考へるが。

砕壺と　有馬宇月[48]、二人コロンバンに来る、有馬君には、初対面だつた（ママ）、一寸、予想はずれの男に思はれた、面白そうな男だ。

龍星閣[49]から句集を出すことにしたらしい、名も彩園と砕壺が附けたらしい。

四時　別れて帰る、

雨　甚しく帰宅、五時、

少量の酒をのむ、

明日の日曜は少し頑張つて何か書かなければならない。

五月十八日
並山摂から来信、
村田が出て来たので二人で頑張る由、小生の近作についても何か書くとの由、

五月十九日
会社の仕事に異状なし、黙々と勤務す、
午后二時安住敦に電話して句集上梓の事に触れた。盛んに出版する様すゝめられる。或は思ひ切つて出さうかと思つたり、まだ少し早く、せめてあと一ケ年経てばもう少し面白いものが出来さうな気がするが、そしてもう少しまとまつた~~もの~~句集が出来さうな気がするのだが、
ともかく午后五時半コロンバンで会ふ約束をした、
――
午后六時近くコロンバンで会ふ、早速、句集出版の話にとりかゝる、矢張り、琥珀発行所から出す事にして、紙が二連必要なこと、や活字の大さ（ママ）、や装禎は僕自身やること等々について談し合ふ。
大体二百五十部限定版で、百三十頁程のもの、装禎も、北園克衛氏の「ハイブラオの噴水」のやうな爽明な感じのものにしたいと思ふ。
印刷の方は或は亦坂口有漏男君や、其他紙の入手は関葉太君[50]山口君がやつて下さるらしく。安住敦もその点楽観してゐるやうだ、
細目については皆と充分打合はせて、萬遺漏なきを期するらしい。萬事頼んでおくことにする（ママ）。到底今の僕の時間の関係や体力の関係ではこうした雑多な事はやれないのだから。
それにつれてもまづ最初の紙代金と、印刷者への内入金とを工面する必要があるので　安住敦が真剱に考へゐてくれ出版への熱意のためにも、是非、なんとかして工面しなければならない気持だ。
いろ〳〵話合つた末、明日安住居（ママ）へ同人が集るから僕にも出て来て呉れるやうにと事で別れた、

五月二十一日
会社勤務異状なし、
午后六時　安住君の宅へ出掛ける、令閨が僕の頭髪が伸びて見間違ひ（ママ）そうだつたと言ふ。
[51]山下、古川先着、話の途中、関、[52]武藤両人来着、種々琥珀の事で話し合つた後、小生の句集出版の事が相談された。[53]関武藤氏等盛（ママ）にすゝめる。連中は既に安住の句集や、暦日の出版で経験済みだから、今度もウンと早く出版してしまふと頻りに意気捲いて呉れた。友情のありがたさを深く思ふ。
題は「天の狼」としたいといふ僕の言葉に賛成してくれた。十一時迄話し込んで帰宅十二時、

五月廿八日
安住敦は既に琥珀へ「天の狼」の広告紙型を送つた由、然し、最早六月号には間に合(ママ)はないだらう と思ふ。
関君と敦と三人コロンバンで合ふ、
天の狼の編輯装禎で種々相談する
「吾八」でみつけたものをとつて表紙包装の写真刷をする事に先づ一決、
紙質見本と扉紙をみた、素張(ママ)しく豪華なものだ、
敦と別れ関と二人で夕食後別れた

六月三日
コロンバンで敦に会ふ、表紙其他の装禎構図を既に作つて来てくれた、表紙には敦が探して呉れた「皿と魚(ママ)」の図を写真刷にする事にした。少し薄色ののを濃ゆ目にすることに話す、

装禎は萬事敦に一任したので少々気持が楽になつた。到底今の僕は落付(ママ)かず(ママ)出来さうもないので、いづれ誰かののを思切つてい〻奴を装禎したいと思つてゐる。

六月七日
砕壺上京
六月八日
砕壺より電話があつて、正午会ふ。
食事を共にして天の狼の事や琥珀の事を話す
五時半コロンバンで敦と三人会ふ事に約束して別れた、
五時半頃三人で会ふ、夕食を「今新」でとる、

「天の狼」出刷について砕壺から既に萬事引受けた由の電報をもらつてゐたが今日敦へ三百円の費用を出して呉れた、

なんといつて感謝してい〻のか僕にはわからん、今までの僕への僕等の友情については報い様もないその上に今度亦迷惑をかける事になつた。この大きな友情のためにも今後ウンと頑張らねばならぬ。まづ(ママ)これで一応は楽になつた、敦も喜んでくれた。素張しいものを出さねば申訳ない気持だ。

六月十一日　雨、もう梅雨の初（ママ）まりだ。

夕刻六時半神楽坂の春月にゆく、琥珀第一回の句会だ、集るもの二十五（ママ）人、盛会である。

今まで（ママ）のやり方と違え（ママ）て往時の句会の様に「誰々撰」と呼ひ上げ（ママ）て作者はその名を言ふ‥‥といつた型式にした。

この会の賞として草城[54]と、小生と敦との短冊を出す事にしたので一枚書いてもつてゐ（ママ）つた、恥かしい話だが致（ママ）方ない、この次からはもう勘弁して頂くつもりだ。

席上敦より砕壺持病の盲腸痛み初（ママ）め

たので出席出来ぬことを聞き心配なり、
会果てて、敦と自動車を走らせて第一ホテル二五一号室（ママ）をノックする。砕壺、腹にドライアイスをあて、横つてゐるがともかく第一ホテルのサービスでは心細い限りなので動くのは最も悪いとは知るものの、小生の家へ移る事を薦めたが、小松家が近いから、若し悪ければその方を頼むからと言ふので無理に動かす事もどうかとそのまゝ其夜様子をみてからの事にして敦と二人辞して帰る。
暗い梅雨の闇を帰宅十二時、妻と話して寝る。

六月十二日
梅雨じと〱と暗い朝だ
砕壺見舞のため妻と二人第一ホテルに行く、砕壺不在でまづ動けるといふ事を知り安心したものの、様子がしれないので暫らくロビーで待つてみたが帰らないので九時半小松屋を訪ねたところ、少し前来て元気に仕事のため外出した趣、多少無理だなと不安に思つたが、その元気あれは（ママ）まづ大丈夫だと安心して　朝のコーヒーをのみ買物をかねて午前中、銀座にゐて妻と別れ正午前出勤する。
帰途小松屋を訪ね元気な様子をみて帰る、

六月十三日、小雨
午后五時、山下青芝君来社一緒に出てコロンバンでお茶を飲（ママ）みつゝ話す、「天の狼」の（ママ）の広告を東京堂月報にのせやうといつて呉れる難有く思ふ。萬事よろしく頼むだ、増刊の事は安住君と萬事打合すことにしておいた。

六月十四日、小雨
土曜日で午后二時砕壺に会ひ、砕壺の用事で本郷までゆく、五時半敦と三人コロンバンで会つて食事をエスキモーでとり、八時砕壺を東京駅に見送つて帰つた。
「甘なつとう」を令闔へ送る。

六月

　六月の石炭酸の上の雲

✓　六月の清潔な指おどらせよ

◎　灯を消してあゝ水銀のおもたさよ

○　遠雷のレンズの中の蒼い風景

八月五日

「天の狼」が愈々出来上つた、
夕刻から安住敦《(ママ)》宅へ行き、関、武藤山下
氏等と発送を初める、
何から何まで凡て厄介を掛けてしまつた、
素張《(ママ)》しい本になつて自分で驚いてしまつた、内容
がお恥しいものになつて来た。
寄贈本も一先づ発送してしまつた、
敦は明朝十時北海道へ旅立つ《この》前夜遅くまで
こんな事に疲れては心配するが本人平気でゐて呉
れる、難有い、御令閨にも一方ならぬ御世話をかける。

十時帰途につく
山下青芝は十部を銀座の近藤書店へ持参
するべく早く帰る、
「天の狼」の素張《(ママ)》しい広告ポスターを武藤君が
持参された、東宝の広告宣伝部の方の作だ。
これも近藤書店へ貼り出す。
三人で大井駅まで歩る《(ママ)》く、何か巨きなものを忘物
でもした様な変に放心した気持だ、
こゝ二三月の関君の努力は唯々感謝の外なし。
この上は素張《(ママ)》しく売れて呉れゝばいゝ、売れないで
は敦君に尚心労さす事を恐れるからだ。

八月五日
水谷砕壺より来信、(55)桃史第二度の出征、第一公論社から句稿を申込んできた、第一公論社の宮本幹也氏からの手紙が同封してあつた。早速作品にかゝつたが、下痢と風邪気で果してい〻ものが出来るかどうか、ともかく締切の九日迄に頑張らねばならぬ、と同時に琥珀への句稿も是非共今度はやりとげねばなるまいと思ふ。何か追ひたてられるやうな気持になるが。

砕壺氏退院出社経過の非常にい〻事に安心する。

(56)岡橋宣介氏より来信、琥珀の其後の経緯(57)について言つて来た。
草城去り、尚(58)瑠璃一派の退陣となる。

それもよし、到底彼等平凡の徒にうまくゆく筈でもなからう。真に俳句を俳句し、俳句の純正な伝統を守り且つ推し進めや《ママ》うとするひたむきな熱情と誠実さを失くした者を論す《ママ》るの要もなし。

俳句の隠棲的な安住性にゐたいものはそれもよし、少くとも日本の正しい伝統の俳句精神を誤認して、或は未熟な認識を以つて伝統の美しさと、其の本質を論ぜられて《ママ》は《ママ》たまつたものではあるまい。

これからは飽まで正々堂々と大きな自覚の下に進まねばならぬ。

公論原稿(59)（天の狼以後）
（九月号）
「桜貝

◎ 向日葵を切れば堂然たる白雲 ✓
(60)切るやはたして走る白雲

桜貝 人馬 南へ溝を渡る ✓
海

蟷螂の斧ふりかむる昼の月

◎ 雲(61)赤くうごかねば∫
雲ひそとありければ蛇木をのぼる

◎ 雲(62)赤き舌垂れ＜(63)蛇は木をよぢのぼる

○ 遠雷や＜歪に鏡る 魚の 貌 ✓(64)

◎ 石の上に＜秋の鬼ゐて火を焚けり ✓

○ 蛇苺＜とほく旅ゆく~~ひとありぬ~~（もののあり[65]）　✓

○ 月光の＜わがまなぶたを搏つ翼　✓

○ 颱風の夜の爪色の薔薇の棘　✓

○ コホロギの夜~~は~~（の[66]）腸~~にしみる酒~~（のほろにがさ）　✓

○ 白き鬼　白昼の野をかけめぐる

○ 甲蟲たゝかへば地の（日の[67]）焦げくさし　✓

○ 草原のもりあがらんとする驟雨　✓

八月七日

昨日よ里少々風邪気味で、微熱もあるらしかつたので、注意してゐたが逐（ママ）に寝込んでしまつた。

相変らずの漫（ママ）性腸加多留で身体は痩せるだけ痩せてしまつた上に、風邪を引いて鬱とうしい事夥しい。

朝から寝床で　アトリエとみづゑを見たり読んだりする。

十時頃、少し起き上つて机を床に引きつけて、公論[68]への句稿をまとめて発送した。尚旗艦[69]への原稿も五句作品だけを送つておいた。

九月号は少し頑張つて文章を送らねばならぬ、と考へてゐたが、丁度の時に健康をやられて句だけにしなければならなかつた。なんとかして頑張つて次には、まとまつたものを書きたいと思ふ。

八月十一日　今日から出社する、まだふら〳〵してゐる。
[70]岩佐東一郎氏より句集の礼状が来る。
[71]高祖保氏よりも礼状来る

八月十二日
[72]手代木唖々子、新井哲夫氏、第一公論安本氏
[73]八幡城太郎氏　坂口有漏男氏より力々礼状来る、

夕刻関君との約束で四時半誤廊で待ち合し
読売の加田愛咲氏と会ふ、社に訪ね、連立つて
カネボーに出て冷いものを呑みながら句集天の狼
の事や一般音楽（新日本の音楽）絵画や詩
について話す、十二三年前新井君と遊んでゐる
時代に一度会つた事があるやうだ、関君と親し
い関係にあるといふのも何かの縁でもあらうか。
七時半頃別れて帰宅、
夜床中読書　渡辺一夫氏の「魚の歌」
を読む。
会社の
木村部長、「天の狼」の事を話しておられた田《ママ》
同僚高野君より聞き一本を呈したところ、
非常に驚顔せられて恐縮した。

八月十三日
朝　安住敦より来信北海道大雪山の絵葉書
が来た、大自然に対つて句も出来ないと言ふ。
午后三時関君「天の狼」を二冊とゞけて呉れる。
アルマイトでお茶をのんで別れる。

帰宅六時、[74]内田慕《ママ》情氏、前川佐美雄
氏より句集の礼状が来てゐた。
高篤三氏よりも喜んで頂いた。一度近日会
ひたいと思ふ。
身体の調子あまり良ろしからず、なんとかして
二週間あまり海か高原へ行きたいものだと思ふ。
が如何とも出来ない。

今日　大木さんが一本買つて呉れた。

八月十六日
敦　北海道より帰る、
午后二時コロンバンで武藤君と三人で会ふ、
四時別れて帰る
[75]菱山修三氏より来信　山形県蔵王高湯温泉にゐられ
る、旅先で病んで苦行せられた由、
[76]文芸汎論九月号を買ふ。

八月十三日
山下青芝　大阪より帰京、大阪の動向をいろ〳〵ともたらして呉れた、大阪連中も皆無事元気でやつてゐる様子、日野草城の去つた後を受けて、編輯も相当引締らないといけない気持だけれどあまり自重過ぎても駄目だと思はれる。或る程度の詩歌壇への交流は是非共必要だ。俳句の文学としての立場からと、もう一つは俳句作家の文学的精神の昂揚のために。
俳句人はいま一歩文学人でなければならない。

川端茅舎が逝去された、
ホトトギス中、僕のもつとも注目させられ、何となく心引かれてゐたひとが逝去されてしまつた。

惜しいと思ふ、深く哀悼せねばならぬ。

茅舎の「露」(77)は常に美しいものであつた。

この人なき後のホトトギスは、僕に興味はなんの~~は~~もな~~い~~くなるであらう。

八月廿六日
関君とコロンバンで会ふ、
八月廿七日
会社へ岡橋さんから電話が来て、昨日上京の由、夕刻コロンバンで敦と会ふ。三人で夕食をすまして、敦の元芝居へ行く、武藤、山下、古川、関も揃ふ、いろ〳〵と「琥珀」の進むべき事柄について話す。
砕壺も元気の様子で安心なり、
十時半頃帰途につく、　岡橋さんよりお土産を頂いて恐縮の外ない。風呂敷を借りて持ち帰る。
「天の狼」近藤書店で売切近しとの事にて亦関君等十冊持参す。

帰宅十一時半、
○松隈青壺(78)（横山白虹）の自鳴鐘の人の由、より氏の句集「征旅」御恵与受けた。
○石原逸三君宅へ其後の動静を問ふべく手紙~~の返事~~を出した
~~は~~御令閨益子さんより「出征」の由返事が来た。

北満の野にあるものの如し、早速家内よりも御見舞御慰問の手紙を出した。

いよ〳〵君も征つたか、……と無量なるものあり。
○高村光太郎著
　智恵子抄、
美について　　∨を購ふ。

八月廿八日
牧野信一遺稿集を購ふ。　この人の全集が出てゐる筈だ、なんとかしてまとめたいと思ふ。
夕刻コロンバンで敦、葉太郎と会ふ、拙著の出版記念会を、砕壺上京を期して開会したいといふ。初めは矢張　例によつて三四十人の会にと話をすゝめたが、小生の気持から、それを止めて、我々グループだけて(ママ)、しんみりと膝をまぢへ(ママ)て話したい。それが一等いゝ出版記念になることを主張して、来月九日頃向島「雲水」でそれをやらうといふ事に決つた。
七時別れて帰宅、疲れて手紙も書けない。

八月廿九日
朝　和田矩工氏より来信、何か文芸雑誌発刊について、小生と敦を加へたい気持らしく、今夜、「誤廊」へ出席して呉れる様誘はれてあつた。敦の都合が悪く、日延となる。
松隈青壺氏へ「天の狼」を御贈し、征旅恵与の御礼状を出す。
夜帰宅後少し読書、
例の如く作品が出来さうもないのに閉口する。

「富士八章」（琥珀十月号）

富士あかつきの地《つち》うつくしく受胎せり　✓
113(79) ◎✓きんいろの露したゝれば富士したゝる
114 天のいま裂けんとしたる富士完璧　✓
115 茫々と萬象炎えよ　天に富士

落日は狼火をあげて富士森々
117 ✓しろがねの鱗《うろこ》の上の富士蒼然　✓
116 114 ✓りんりんと結晶がとぶ闇の富士　✓
富士にまむかひ鋼のごとく耐えん(ママ)とす　✓

「虹

✓◎大地いましづかに揺れよ〱(80)油蟬　✓

✓○虹を切り〱山脈を切る〱秋の鞭　✓

✓○蒼空にけら〳〵と嗤ふ柘榴かな　✓

、○蜩は〱しんしんと〱日を梢に吊り

◎夏の雲しんしんしんととぶ征矢一つ(81)狙矢ひとつ　✓

○秋を餌ひ柔毛のごとき日を嗅げり

○海蒼へ煩悩の夏〱転がりぬ

✓○夏去ると〱あはれ〱わが家(82)(ひと)は〱雨の中　✓

○虹立ちければ水晶のわが泪

○　立ちぬあゝ(83)水晶の雨の中　✓

九月五日
下関那須義治君突然上京架電あり
十時、連立ちてカネボーにてお茶を飲みながら久闊を叙す、
商用にて商工省まで出て来た由、
正午再び連立つて野村信託に中井亀之助氏を訪問
昼食を共にして談ず二時半別れて、再三、午后四時事
ム所に来訪を受け打連れて帰宅、宇都宮夫妻も来り、
久方ぶりにて家族の者も会ひ快談す、
九月六日
午后十二時半　那須と新富町にて落合て(ママ)連立ちて、三
瀬勇次郎君と岡田君とに会ふ、昼食を共にして（淡路町
肉屋）久方ぶり話す、三瀬君とは十五六年以上も会つて
ゐない、年を取つてゐるのに驚いた。那須と別れて
帰宅四時、途中神田に古木(ママ)を漁る、
湯に行く、
矢野彰子氏来訪、白銀氏よりの伝言を受く、
夜は、早く寝る、

九月十一日
〈天の狼〉出版記念会を、向島「雲水」でやる、
精進料理はうまい、
高篤三さんが司会をやつて呉れた、
加田愛咲氏も来て頂いた、水谷、岡橋が出席して呉れる
関君がはるばるとポータブルを持参して、伴奏附
の作品（小生の）朗詠をやつて呉れた、
ランプ
ある地形 ＞関君
青い蜜柑
其他 ＞安住君
＞が素張《ママ》らしい、
胸のあつくなるやうな記念会であつた。

九月十二日
下痢甚しく会社を休む、
[84]琥珀への原稿にとりかゝ《ママ》る、
「鼠」――短篇を書き初める、

九月十三日　社に出る、土曜日、
「鼠」の大体を書き了へて　午后二時水谷、安住、
に会ふ、コロンバンより誤廊へゆく、有馬君来る、
夜は「春月」の句会あれど出席出来ず
帰宅後「鼠」の浄書にかゝる
遂に十四日朝四時までかゝつて、漸く一短篇を書き
上げた。

九月十四日
日曜日
夜《ママ》　清と潤子と三人、涼しい夕刻から神楽坂散歩に
に出掛ける、懐しい《ママ》学生時代の古い巣に似たこの通り
を十年後家族連れで歩る《ママ》事の不思議な感傷よ。
当時の友人誰彼の事が目に浮ぶ。

九月十五日
歯痛甚しく社を休む、原稿を少々書く
九月十六日　社を休む、午后吾八に行く、（原田健吉に会ふ）
詩三つを得る・・・夜　宇都宮夫妻来る、
九月十七日
高祖保、八幡城太郎氏寄書の拝挿絵葉書がきた。

九月十八日
加田愛作《ママ》氏より琥珀の御礼状が来た。
九月廿日　土曜日
仁村満津夫氏から経済マガジンを送ってくれた。
今日は半ドン、コロンバンで安住君関君と会ふ、安住君
がわざ〳〵鎌倉彫のスタンドをもつてきて呉れたのには
恐縮した、亦友情の深さをつく〴〵感じさせられた。
清と潤子と妻木令嬢と、三越、子供発明展覧会へ行く、
尾張町四、で会つて、地下鉄で別れる。
帰宅、三時、源ちやん来宅、
○佐藤惣之助著　新詩集を買ふ（吾八で）、
今日は久ぶり育栄堂が来て、藤村文章（早春）吉江喬松
全集第三四と俳研をもつて来た。

九月二十日
菱山修三氏より帰京の通知があつた、[85]〈天の狼〉について、懇篤な批評を頂いた。
九月二十二日
那須義治氏より来信、伊藤技師との経緯につき詳細通知があつた、一部直ちに水谷に送附しておく、
鈴木氏へも此の旨架電セるも遂に会へず。
・・・
本日　二十四日――二十八日迄、仙台へゆく事を命ぜられ準備す。
鵜野栄氏　退社の決意を課長まで通じたり。
帰宅六時、
七時半、関葉太氏来宅、天の狼の記念品として
南洋産の素張(ママ)しい大貝を頂いた　早速、床の柵(ママ)に之を飾つた。感謝に堪(ママ)えない、十一時近くまで談す。
潤子、蚕糸会館の双葉音楽会へ妻木母さん達と一緒に出掛けて、帰宅、十一時近し。
・・・・・
床中　牧野信一全集第一巻を読む、
九月二十三日
朝、手紙を書く、
一、水谷砕壺、・・・・砥山の件を兼ねて、
二、那須義治、・・・・砥山の件　返事、
三、[86]吉田忠一、・・・・ハガキ、
四、菱山修三・・・・御礼、

二十四日
仙台出張
二十八日
再度の応召、
勇躍出発した、
[87]（今後の日記は別冊に記す）
（注・この後、一頁空白あり）

十月号以降作品を誌す

（注・この後、一頁空白あり）

「断崖　十一月号

✓ ○ 黒潮の(88)ひと（人魚）は砂上に鳥を指さす ✓
(89)の　や　ひとは砂上に　海鳥光る

✓○茫々と＜ひとの瞳の＜月や星 ✓

✓○断崖の(90)や＜雲赤ければ＜翔ばんとす ✓

✓○黄金粉がとび＜黄金粉がとぶ＜鯛 ✓

○鯛の止めば＜水色ひろごりぬ

✓○秋雨の黒牛《うし》は＜佛陀のごとく濡れよ ✓

○秋暑し豹の斑《まだら》の日に粘り

✓ かはせみの＜一点の澄む＜秋の翳 ✓

✓○種子まけば＜日は＜カラカラとまはるなり✓

✓ 種子まけばしづかに揺れる大地かな ✓

✓ 灯蛾おちて凝然とあるひとの貌 ✓
しづかにあげし眉あはれ
×

「朱欒日記」

なるものを書き初め(ママ)やう(ママ)と思ふ。

「無題　十二月号へ

✓ ○ 冬の雲〱木馬は跳ねるすべをしらず ✓
（跳ねもせでかなし）

✓ ○ 囁きの(92)小さき魚の流れてゆけり
（(91)小魚流るる夕べかな）
（小さき魚の影あひより）

○ 鶴青く炎よりも蒼く、翔ばざりき

✓ ○ 曼珠沙華けふも脈うつ(93)(しづもる)山河《かは》や ✓

○ 落日は鰯の／ごとく↓なまぐさし
（いま‥）（海）

✓ ○ 冬晴のひとしら珠のこめを磨げ ✓

落日はいまたら〱と〱犬の舌
（犬の舌）

✓ ○ 天の川〱ふと〱跫の〱つまづきぬ ✓

○ 晩秋の眸を〱発止と〱星ひとつ
（瞳(94)）

✓ ○ 落葉ふるふる〱うつくしき夜景かな ✓
（(95)に睡る貌）（にねむるへし）

✓ ○ あかつきの〱ランプの中の(青い鶴) ✓
（はありし貌）

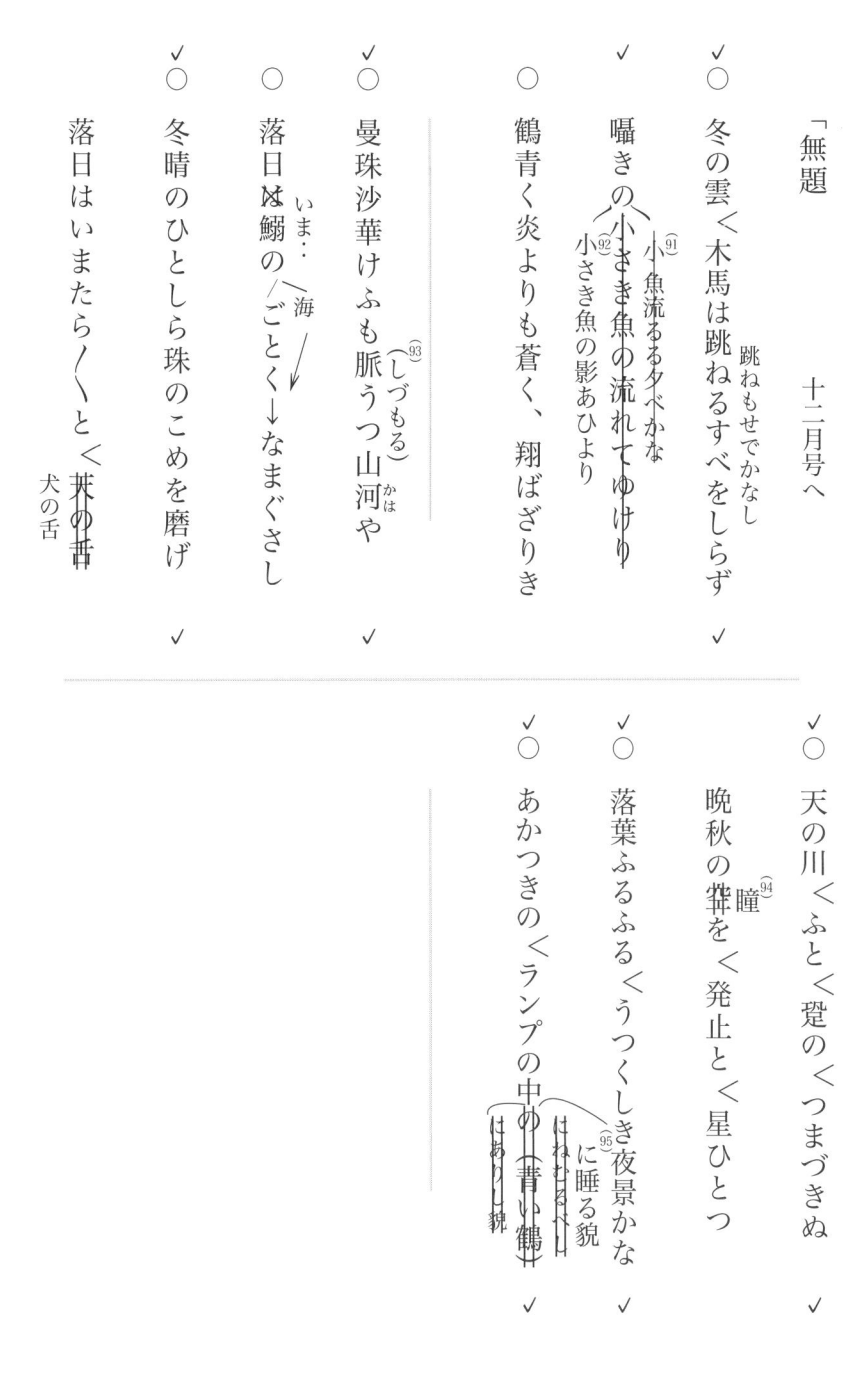

130

「断章　一月号へ（十二月一日投稿）

✓○含羞みて〳〵うつくしかりき落葉の中 ✓

✓○唇を嚙めば　音なき　落葉かな

✓○かの銀河〳〵一まいの葉をふらしけり ✓

○秋(96)晩《ゆ》れて(97)〔ゆくと〳〵〕石塊よ〳〵みな風に鳴れ

○月赤し〳〵モーゼのごとくたちつくす

粲々と（雨がひかれば）鷗がとべば憂なし ✓

夕鳥の詩より赤く翔び去れり

○草に臥て〳〵雲うつりゆくおそろしさ

じんじんと耳鳴りければ日は落ちぬ

✓○手鏡の〳〵むらさきこゆく時雨けり ✓

山河の黄い用のぼ、ツと出よ ✓

老ひ《(ママ)》あはれに黄なる月あげしか

あげしⓚカなり

がにあらず

✓○ この宵の月卅《やく》祈禱に似たる月 ✓

✓○ 野の卅の《涯の》〱むなしき空をおよぐ牛

✓○ 雪の夜は美《よ》し〱灯と嬰児の瞳 ✓

✓○ よもすがら〱雪ふりつもる〱艦褸かな ✓

○ 地の霜や〱《よ》[99]かなしきもののひと《は》[98]の跫音

以上

一月四日
読売新聞句稿送る
琥珀二月へ転載

「回天譜

✓ [100]海を蹴り冬天を貫き金色の日

✓ 凍天を噴きつらぬきて金色の日輪

✓ 一億《われら》起つしののめ富士のふもとよ里

✓ とう〳〵ととう〳〵となる{暁や / この暁

山征かば炎柱とたつわが激怨《ママ》 ×

海征かば碧海を割る真っ二つ

空征かば裂《ママ》風となり雪崩となり ×

地の雷よ　いま回天の跫を聴け[101]
地に滲みきゆる跫をきけ

「海　紅」　琥珀二月号

✓　鵲の巣のある空の黄の冬日　✓

✓○寂莫とむきあへば呼ぶ山と谿　✓

✓○海紅のうつくしきもの砂にしたゝり　✓

✓○朴の木の＜朴の落葉の＜さむしさよ　✓

この朝のたゝ（ママ）あをあをとつもる雪

霜の上こどもの如くあそぶ日輪

○あかあかとあかあかと~~のみ冬日暮れ~~（追[102]ふ冬落日）

（あゝ大詔下るとき、）

轟々と南十字の星の下
「十二月八日」

いまぞわれら碧空のごと泪流《き》せ、

蒼天よりも巨いなる~~■■~~（業《わざ》）遂（ママ）けんとす、

いまわれら碧空に雲の影もなし

この朝の雲影もなき天一円（蒼々）

金剛の弓絃のおと、

白馬おき　戦の車、

○　ますらをの日本晴の空や海、

(103)国はいま必死の戦　雪の富士

(104)国闘ふこゝには青き麦畑

戦線よ

シンガポール陥ちたり~~昔~~白き梅咲けり

三月号琥珀

「かの日
（十二月八日よ）

✓　霜浄き天より下るおほみことのり　~~地に伏して~~

フ　日輪出づるこゝろしづかに首をたるる

✓　決意あり陽炎もゆる地と(ママ)ふまえ(ママ)て

✓　○草光る＜あゝ猛然と＜草光る

✓　海蒼し　太古のごく(ママ)海蒼し

✓　蒼々とめがしらあつき冬山脈

✓　ひし〳〵といまぞ乾坤一擲の天

✓　われらたゞ碧空のごとき泪あり

「冬と鶴

三月琥珀

92 ✓〇鶴たてり＜擂鉢形の冬の底 ✓

93 〇鶴ないて＜冬天《てん》を支ふるもののなし ✓

むらさきの氷のごとき鶴の羽

94 〇鶴搏てば冬日カラカラ壊れけり ✓

95 ✓〇鶴（哭けば＜）蒼き[105]《し》氷の破片《かけら》＜日の破片 ✓

96 ✓〇鶴翼をかさせ《（ママ）》ばはしる霰かな ✓

97 ✓〇鶴哭かずしづかに天の朱《よ》を流す ✓

✓〇冬日おつ冬日の中の鶴の貌

未[106] 雑

✓◎薄氷に日射せは《（ママ）》＜鳥の＜けたゝましや ✓

✓◎湖の冬の社は朱の社 ✓

未[107] 大寒（寒日）

大寒の日の泥湖に

寒[108]日の石魂をとぶ鳥の影

✓◎寒日の＜沼のみだれ[109]をわたる鴨

〇沼涸れて大寒の雲ゆきもあえず《あはれや雲はとどまらず》《（ママ）》

寒日のたゞしろじろと＜病《ある》む泥淖（湖）

寒日をあげひと住まぬ壁あらし

寒日の疎林はしろき炎をあげぬ

雪

吾子級長になりたればごほうびに藤村の書を贈らんとて、この親馬鹿の詩へる

雪の夜のこれはちいさし吾子の文

「級長になりました」と冬灯ありがたし

めがしらのふとあつくなる雪の音

親馬鹿は読みかへし読みかへす火桶かな

マスクして書を買ひに出よ親馬鹿は

親馬鹿がおくる書の名は「力餅」

この親の馬鹿さ加減よつもる雪、

一月十九日

一月二五日

秋の鬼

海峡を流れてゆけり秋の鬼

○　金色の落葉の上の＜秋の鬼　✓

✓　雲しろき甍の上の秋の鬼　✓

◎　木の上に秋の鬼ゐて葉をふらす

うらうらと秋の鬼ゆく白き径

秋の鬼疎林の中に消えゆけり。

◎　うらうらと秋の鬼ゐる水の上中

梅

夜(110)の梅はるか鎧の響ひゞく
夜の梅あはれに白き笙の音
○
夜の梅あゝ笙の音ふと消えぬ
夜の梅しづかに笙の音消えぬ 止
雲を焦《や》く兵火の夜の梅一輪
夜の梅かのとう／＼となるは陣鼓

もののふの血潮にぬれし梅一輪
もののふの血を吐く夜の梅白く の 一輪
まぼろしのとほつみをや(ママ)ゆ梅さしかざす、 の血の白梅、
いまはわれ×醜のみたてとかざす梅、

「梅、　（三月号琥珀）

✓ 夜の梅しづかに消えし笙《ふえ》の音
✓ 夜の梅肩うちかけよ緋の鎧 にかけたる
✓ 夜の梅かのとう／＼と鳴るは陣鼓 あゝ
✓ 雲を焦《や》く兵火の夜の梅一輪 庭の
✓ もののふの血を吐く夜の梅一輪 血しぶく夜の
✓ まほ(ママ)ろしのとほつみおやの血ゆ白梅 と
✓ いまわれは　醜のみたてと　かざす梅、

琥珀三月号へ

星港陥つ、　聖紀二千六〇二年二月十五日

星港陥つしんしんと春の雪降~~る日なり~~ り(111) る日(112)　✓

いま熱き頬に瞳に降る春の雪なり　✓

けふ青き(赤き血の)歴史の上の春の雪　✓

×

赤道の金剛力の海の蒼さよ　✓

渾々と日のしたゝりや千々の島々　✓

紫の紺の緑の海洋《うみ》のよろこび　✓

碧海に紅き神話の花いまひらく　✓

散文画帳

浪曼(ママ)画帳

「浪曼詩帳」「浪曼句帖」

『石鬼』　石の上に秋の鬼ゐて火を焚けり。

この次の句集の題名とて書きとめておく、

五月号（朱欒日記中）

✓　くろがねの艦うごくとき絶壁うごく　✓

○　早春の藻をかつげば〱藻のにほひ　✓

潮の香や　青春皓き歯をしたり

琥珀[113]八月号（十七年）

夏　天

（七月作）[114]

✓○炎天のおろかなるもの汗だにかゝず

✓○ひとあはれ＜土龍の穴に首《かうべ》たれ✓

✓○乾きたる石鳴りもせで＜蜥蜴はしる✓

✓○夏~~たぬと~~ゆくと＜犬すざまじく咬み合へり✓

✓○毛虫焼けば＜空には＜朱きものあるらし✓

✓○夏ふかく＜むんずとくろき石坐る✓

↓○蜩のやみて微塵の空のこる（となる[115]）

✓○雷去りて＜ひと（ひとら[116]）はあはれに（暗愚の∫[117]）白飯《めし》食へり（食へる）✓

✓○黄い虫這ふ＜赫土のおろかさよ

✓○紫陽花は＜おもたからずや＜水の上✓

夏雲は海底ふかく倒れたり↓

✓

わが荒き眼の上にかゝる虹

琥珀十一月号へ

白

✓○秋風は〱蛇のぬけがらより白し✓
✓○湖こゆる蝶白ければ湖に消ぬ✓
✓○海蝶の二つあはれや〱白と白✓
✓○杉枯れて〱枯れて〱白雲《くも》さす悲願かな✓
✓○白雨を嘴《くち》のするどき鳥よ〱翔べ✓

×

✓○きしきしとこめとげば〱あかつきの蒼さ✓
✓美き国のこの素朴さのこめのひかり
✓露ひかりしらたまの米掌にひかる✓
✓一粒のこめの真珠と(ママ)掌にいたゞく

琥珀十八年二月号へ

吾子に与ふ

汝が父ははがねの如く月を睨む
寒風に汗したゝらす父よわれ
風雪にまみれふつ／＼たぎる父なり
汝が父はいま一塊の火焔なり

×

鳥なけば父高原を疾駆すると想へ
月青ければ地を匍ふ父よ見よ
氷雪の夜の河わたる音をきかずや
霰カンカン鉄甲に弾くも良し
雪に座しカラカラといま父は高笑ふぞ

×

陽あたゝかきときおほぎみを祈りまつれ
雲うつくしきとき靖国をおろがめよ
霜つよき日は母の手をあたゝめよ
風あらき夜はしつ(ママ)かに物語せよ
氷雨ふる夜はあたゝかく母といねよ、
以上、

「夢　笛」＝第二句集題名ノ為(ママ)メニ
十八年一月十四日
加田愛咲氏逝去
(注・加田氏は読売新聞社員。「琥珀」に詩を寄稿)

十八年一月三十日作[118]
夢　笛　琥珀三月号へ[119]

✓○紅茸や〳〵空を仰げば空まぶし ✓
渺々と夢の笛ふくおぼろかな
✓○ゆふぐれはちゝいろのもや竈《かまど》の火 ✓
✓○独り坐すおもひはるかや万華鏡

✓○とろ〳〵と青海原は醒めゐたり ✓
✓○南へ〳〵南へ〳〵満月となる ✓
✓○幻の七堂伽藍〳〵夜の雪 ✓
✓○轣轆とゆけば〳〵しづるる〳〵つららかな ✓
✓○雪山のしろがねとほし薪を割る ✓

✓○青鷺の羽搏ちやまねば牡丹《ゆき》雪よふれ

✓○月光の富士は瞼のうらにあり✓

✓○月破れてこゝにはかたき石畳　✓

加田愛咲忽然と逝く

✓　眼をとぢてあゝ氷山を傾けんとす

✓◎　大寒の沼[120]いん〳〵と鳴る沼《りひそみ》の底

われいまは泪とゝめず（ママ）碧落の天

（十八年一月）
（一月十四日忽然と逝く）

二月九日

裸兵讃　安住敦よりの来信で[121]「理想日本」へ送稿

裸兵ゆく露むらさきの草の花

裸兵駆れば（ママ）白き蝶はこぼれ

雲白く浮けば裸兵の眉をさなし

裸兵立つしん〳〵鳥の声みなぎり

裸兵伏す野の草の実は青かりき

裸兵手を上ぐれば風の白さかな

裸兵不動　陽炎のたつ地平線

炎々と裸兵の肩の朱の雲

断　章

風疾し弓のごとくに地平線

カラカラと珠をころがす秋日和

夕雨の窓より降らす五色の紙

（青銅駿馬応召）

2霜を蹴り{いまぞ}青銅の馬嘶く
1蒼天に青銅の馬またゝかず
3地に立ちて青(ママ)銅の馬{早馬は}白き炎を吐けり

（鐘応召）

2鐘楼に鐘すでになき海夕焼
1鐘よ雷のごとく吼えて征け

◎

独り座すゆふべあぢさゐの花に似て

めつむれば白鷺がとふ白(ママ)鷺とぶ

黒鶴や笹のあたりに残る雪

琥珀四月号句稿

冬の情熱

冬は蒼天を切りはなつ絶壁の意志　✓

冬は大地を押しあぐる金剛の霜

冬は大河の結氷の底はしる水

冬は野を捲いて紅蓮の火の憤り

冬は皓き月啾々と鬼の哭く

冬は雪の夜を切々と火を吐く山　✓

冬は無限の闇ひき裂けん氷河の歯

○冬は一つの朱の灯にそゝぐ無音《おと》　✓

仝上

富士五彩

白光の富士あり屍山血河の上

一億の血の赤富士を天に吊れ

農魂よ黒富士は地にゆるぎなし

いのちすてゝへ莞爾たる〈や〉(122)天に青富士

神となり還るべき日の富士むらさき、

仝上

石の歌

✓　秋天ゆへ(123)小石を割れば凛と鳴る

✓○秋の日の石白ければぬれゐたり

✓○秋の石ひとすぢ走る黝き罅(125)亀裂(124)

✓○晩秋の石はしづかに血を~~吐けり~~を流す

○秋晩れて孤独の石の炎ゆるなり

仝上

詩魂

蜜(ママ)林の詩を書けばわれ虎となる ✓
鷲となり蒼天の詩を翔ばんとす ✓
風となり青山脈の詩をながす ✓
陽炎となり林中
　てうたふは大地の詩 ✓

○月となり太古の韻をくりかへす
日に向きていま民族の詩をかゝぐ
神のみまへにいまぞ決死の詩をつくる

雑

嘵々と喇叭は天に花吹雪
✓○水仙や晴れてきびしき西の空 ✓
✓春の水吸はるる如く流れけり
鳥ないて月残月となりにけり

古城譜

寂々と赤き花さき城はなし
糸雨のまつげにふれど砦はなし
古城は瞑目のなか雨の中
地に潜むけもの叫べと(ママ)もの影なし
鳥さむく越《ほそく》

温炭

寒に堪え（ママ）おろそかにせず一片の炭

雪の夜の一片の炭つげば鳴る

かりかりときびしき音の榾木の炭

×

◎木を倒す~~あゝ~~せども(126)寒雲は~~とゞまらず~~流れやまず

木を伐れば~~荒涼とある~~（いんいんとある）天の韻

×

戦の森々として炭焼くけむり

戦の炭竈朱き口開けたり

×

寒鳥のなく音するどき炭負ひ下る

×

つやゝかにしてするとき（ママ）は松炭の火

炭火怨（ママ）れ凛呼と北にまもりあり

炭火燻ゆあゝ流氷を艦はるか

国戦ふ雪の夜の炭つげは（ママ）炎ゆる

（一枚カットあり）

鬼の詩（赤黄男句集）

鬼の歌

冨士（赤黄男句集）

「鬼冨士」

孟　春（五月号琥珀句集）一八、三、三〇

✓ 嘵々と喇叭は天に花吹雪

✓ 十方に草木芽を吹く勝たねばならぬ

✓ かちどきと山《やま》[127]の脈鳴りとよめ《む》春の雷

✓ 春の濤よし七つの海につながるこの濤

✓ 春空はあゝ嬰児のこゑみちあふれ

✓ 山河の緑したゝる鍬うちふるふ

✓ 春潮に船造り船造り浮かめよ[128]

✓ 生死を超へ（ママ）わたりゆく春の月かな

✓ 春灯を消せばひとすじ（ママ）雷跡白し

北千島に転戦六ヶ月
其後の作品を之より記す

岩香蘭　（濃霧《ガス》）

○ 北海は海豹泳ぐときむらさき　［[129] あはれや］

○ 国《北》の果ての島はかなしも絶壁なせり　［[130] 孤島はあはれ］

鷗むれて吾がゆけば哭く《鳴く》ひよう〳〵と

濃霧かなし上天に日輪はかゝやく（ママ）に

○· 濃霧はしる石楠花の花　［[131] かなし雷鳥キロ〳〵と鳴けば］

◎ 石割《き》ればけふも烈しき[132]北溟《た》の天

○ 孤島なり雷鳥キロ〳〵と鳴けば　［[133] 海猫一つなき過ぐる］

○○ 国の果の岩山に咲ける菫かな　［[134] この／く］

孤島なり北斗はげしく傾けば

○ くれんとす怒濤の上の青き星　［蒼］［[135] に星蒼光り］

星十つある[136][137]

雪渓に佇めばあはれ昼の月

○　焚火しして《けば》オホツクの海あれ〔荒〕れんとす

○　凍土はさびしからすや（ママ）　昼の月　（138）〔き〕

○　風の中われはオロシヤの山見たり　（139）〔を〕

銃剣はよし北溟の天を指貫　（140）〔はかなし南へ向いてゆけよ〕

◎　流木よこゝは祖国の果の果て　（141）〔吾がむくはオホツクの海といふ〕

○　まひるまの貝殻もなき砂丘かな　（142）〔この砂ゆきて貝殻もなし〕〔しーをゆく〕

凍土の果に海あり光る海あり

（143）〔虹の脚〕荒海に立ちてはけしき（ママ）虹。〔朱《アケ》〕

（144）虹立てば千万の魚溯る〔の下〕〔あゝ虹鱒の群れ溯る〕

○　ゆふぐれの花簪といふ花さく〔いへる〕

戦友寝ねてこよひも巨し海鳴の音

✓　（145）這松の群落よ雨ふかくふる　（146）〔は〕

鈍色《にびいろ》の日は凍土の上にあり

思ふことなし北海の波がしら

✓　さびしさは霧より白し石楠花の花

○　黒き雲黄なる雲あり北方の海面や〔ある〕

冬来ると孤島は雲を奔らしぬ

昭和十九年

琥珀二月号原稿　　　二月二日送稿ス

北溟

98 北海は海豹泳ぐとき　むらさき ✓

99 国の果の孤島あはれや絶壁なせり ✓

100 孤島なり　北斗はげしく傾けば《をれまがり》

101 ○ 石割ればけふも烈しき北溟の天 ✓

102 ガスあはれ雷鳥キロキロと鳴けば ✓

103 ○ 凍土はさみしからずや昼の月 ✓

104 ○ 凍土の果に海あり光る海あり ✓

105 風の中われはオロシヤの山見たり ✓

106 海猫のオホツクの海くれんとす

107 火を焚いてきくオホツクの海鳴や

108 オホツクにうくは黄の雲~~くろい~~朱の雲 ✓

109 ○ 流木はあはれ　南へ向いて流れよ ✓

110 ○ ゆふぐれのこの砂ゆきて貝殻もなし ✓

111 ⊗ 大虹や　あゝ虹鱒は溯るのぼる ✓

112 ○ ゆふぐれの花簪といへる花 ✓

(147) 寒月のあはれ~~曲~~朽木のおれる(ママ)をと　~~昇り~~

昭和十九年三月十五日(148)
召集解除以後ノ作品

流　闇

八月十四日夜、
水谷氏を訪はんとし平野駅にて

○蛙鳴く星墜ちんとし墜ちんとす

蛙鳴く闇は流れず流れたり
蛙鳴く星より赤き星またゝき
蛙鳴く清冽にして光る星
蛙鳴くふと背にありし寒き星

秋雨帖、　九月二十五日

(149)秋雨の紫紺にぬるゝ烏かな
渡鳥消えゆきしかば鐘なりぬ
現《あ》はれて消《き》えゆく紫の紺の夢
秋の日の心にしみる羽抜鶏

(150)神々の征《い》ゆき還らぬ秋の雨
秋の日にぬれほそりたる鶴と鶴
秋雨にぬれぬれてかゞやく鶴と鶴
◎虹にぬれぬれてかゞやく鶴と鶴
紫の秋雨ほそき提灯や［常夜燈］
紫の輪の中にある誘蛾燈［此〳〵夢の輪つくる〳〵］
紫の年の巨き歩や秋の雷

紺々と穹のま下の秋の湖

以上

秋雨帖　九月二十五日

秋雨の紫紺にぬるゝ烏かな
渡鳥消えゆきしかば鐘なりぬ
秋の日の心にしみる羽抜鶏
むらさきの秋雨ほそき常夜燈
虹にぬれぬれてかゞやく鶴と鶴

この巨き年の歩みや秋の雷
○むらさきの夢の輪想ふ《むすぶ》誘蛾燈
神々のいゆき還らぬ秋の雨
紺々と穹のま下の秋の湖

琥珀へ

十月十一日、　　　　　　　　　　　　（コハク十一月号へ）(151)

露　　夕焼

○夕焼けの犬よく左をく右をゆく
夕焼の足袋の白さの焔かな
魚釣れて松風の中雲の中
炎天の雲をつんざく鳥の声

豊穣の日本の天とまほす(ママ)べし
鶏頭にけさの巨きな露の山　巨(152)いなる
露明けのあまりに黝し松の弾

十月二十五日、　　　　　　　　　　　　十二月号へ

寒梅、　　　　　　　　　　　　　次(153)ニ書キ改ム

寒(154)梅や耿々と鳴る暁の天
寒梅にあはれ鬱金の日射かな
寒梅や寂に動く天の響

｛凛々と天渾(ママ)する寒の梅
　蒼天のしたゝりやまぬ寒の梅｝
菊大輪あゝ十億の~~廿八~~われ　ひとり
蜻(155)蛉や光茫を~~揺る~~大蜻蛉　捲く
きん/\と暁天ひゞく寒の梅
きり/\と暁~~せまる~~寒の梅　天(156)きしむ

正気閑こゝに凝《こご》れり(157)〔耀よふ〕寒の梅

寒梅の白きわまれる(ママ)蒼さかな

寒梅やわが〔民族の血の〕赤血《せっけつ》の濁りなし

しん／＼と神やどります〔神霊やどる〕寒の梅

南の海鳴り~~はきく~~(158)〔猛けき〕無月かな

湖の雁みてあれば灯《ひとも》れり

灯せば山河見えずなりにけり

青炎をあぐる大樹の祈りかな

洞窟の無音に対す秋の風

豊穣の天空青き天の河

断崖にそひゆけば夜の沈丁花

~~十本の百合ゆれてゐる露の富士~~

神風挺身隊

生きながら鬼神となりぬ秋風裡

神の鷲いま蒼空を睨《にら》まえ(ママ)たり

十二月号琥珀へ

寒　梅

[159]きりきりと暁天きしむ寒の梅

寒梅にあはれ鬱金の陽射かな

寒梅やしたゝりやまぬ紺、白銀

寒梅の白さ極まる蒼さかな

寒梅やしづかにたぎる真紅の血

寒の梅　民族の血の濁りなし

菊　大　輪

菊大輪あゝ十億のひとり吾《あ》も

南の海鳴り猛き無月かな

青炎をあぐる大樹の祈かな

一本の百合ゆれてゐる露の富士

○洞穴の無音に対す秋の風

湖の雲みてあれば灯れり

灯せば山河《やま》すでに見えずけり

以上

◎○断崖にもの影うごく稲光り

○行く秋の日照雨、
熱海のまちの日照雨

半月の虚空

十一月二十四日、琥珀へ

「鷲」

げき〳〵と岳たゝかへり冬の蝶
冬蝶の夢　崑崙の雪澤（ママ）
◎　鷲ひとつ〳〵厳冬こゝにきわ（ママ）まりぬ
月光の地底に冬を眠るもの
○　鶏頭の憤怨（ママ）はげしき大夕焼
断崖にもの影うごく〳〵稲光
国難にしてこの大空の満月よ
行く秋の熱海のまちは日照雨

上州風物詩

立ちならむ桐の木さみし二日月
秋もをはりの赤城の雲よ焦げよ焦げよ
赤城より発する水の音ときく
葱畑の青むらさきの秋の翳
夕焼けの冷めゆく空の柿ひとつ
上州や　鈍《にび》いろの雲　暮れのこり

二月二十七日発稿

雑諷

○　雲ひとつ嶺をはなれず〳〵早雲忌
○　佶倔とものみな枯れし〳〵没日かな
鋳月を沈めて山の湖凍る
○　雪山に陽のあたりたる〳〵馬の嘶き
飛びも散れ氷の中の蒼き月
○　蓑虫や往来はげしき山の雲

○
敵機去り人は冬日の底にあり

昭和二十一年二月、
「琥珀」を解消し　[160]終刊後
「太陽系」を創刊　太陽系発行
別冊に記す

二月五日送稿

冬の虹

牡丹雪　笑はぬ貌のとほりけり
大露に腹割き切りしをとこかな

冬木立象牙の塔は灯れり
あはれこの　瓦礫の都　冬の虹
落葉して　人間夢を失へり
冬落日　敗るべくして敗れけり
×
寒燈や慄然として佛の掌
春近ければ燦乱と雪澤(ママ)
あゝ星が墜ちると見しが消えにけり

太陽系　第二号
春　[161]終戦後別冊に記す

○　[162]羽がふる　春の半島　羽がふる
早春のわが掌をもれし砂と鷗
○　夕暮はとこ(ママ)かで葦の声がする

春睡は朱い花弁白い皿
○　[163]湖がみえる　湖はやみえぬ
夜をゆる春の揺籃白い舟
春雷や緑にぬれし馬の貌
○　わが旅は朦朧として月の暈
○　春睡の白き《い》鵞鳥をおよがせり

注

（1）「「戦の果」〜ありき」は別インクで記述。
（2）「る」は別インクで記述。
（3）「地平」は別インクで記述。
（4）「落つる」は別インクで記述。
（5）「はた〳〵の」は別インクで記述。
（6）「水平線の」は別インクで記述。
（7）「その」は別インクで記述。
（8）「眩日」は別インクで記述。
（9）「影」は別インクで記述。
（10）群馬県立高崎中学卒業後、国際通運（のち「日本通運」）に入社。大正十五年四月国際通運に入社した富澤赤黄男と親交を結び、その親交は赤黄男の没年まで続いた。
（11）広島県府中町。赤黄男は昭和十五年召集解除後、五月まで府中町の松野家（妻清の姉の家）に家族と居住していた。
（12）アンソロジー『現代俳句』（河出書房、昭15・6）の第三巻。赤黄男の作品集「魚の骨」が収録された。
（13）改造社の「俳句研究」（昭15・9）に寄稿した「陽炎」（俳句六句）の原稿料。
（14）「句と評論」「広場」同人を経て「風流人」に所属。「ポエチカ」「月曜」などの詩誌にも句を発表。句集『寒紅』（昭15）、『少年河童』（昭16）。昭和二十年三月の東京大空襲にて死亡。
（15）「旗艦」同人の安住敦。句集『まづしき饗宴』（昭15）。戦後、久保田万太郎の「春燈」を継承主宰。
（16）高篤三の小句集。三十三句を収録。昭和十五年八月、月曜発行所刊。
（17）詩誌。第一次「月曜」（昭7〜9）、第二次「月曜」（昭12〜15）を通じて編集兼発行人は井上多喜三郎。井上の他、岩佐東一郎・城左門・高祖保・八十島稔・田中冬二らが詩を寄稿。「月曜」との関係を深めた俳人は高篤三。
（18）並山摂。「旗艦」同人。赤黄男は「旗艦」九月号に「並山摂の作品・夏日抄」を掲載。
（19）「旗艦」昭和十五年十月号に「旗艦」同人の名で「旗艦に於ける新体制」が発表された。その文言に「皇国日本は、今や国を挙げて新体制に入らむとする。（略）現代の俳句も亦現代の精神に生きなければならぬ。（略）時局の認識を深大にし、国策に協力せんとするものである。」とある。
（20）西東三鬼は昭和十五年八月三十一日（土）、治安維持法違反容疑により京都府特高に検挙された。

(21)「五章」は赤鉛筆で記述。
(22)「止る」は別インクで記述。
(23)「はしる」は別インクで記述。
(24)「らない」は別インクで記述。
(25)「旗艦」の編集兼発行者。
(26)「旗艦」同人の安住敦。
(27)「旗艦」同人の古川克己。
(28)「旗艦」同人の柏原鷹一郎。
(29)「旗艦」同人の坂口有漏男。
(30)「旗艦」同人。新興俳句を代表する女性俳人。句集『しろい昼』(『現代名俳句集』第二巻・昭16)。
(31)広島市外府中町石井城の松野家(赤黄男の妻清の姉の家)
(32)愛媛県喜多郡内子町の菊地愛太郎・シナの次女。昭和三年十一月、赤黄男と結婚。
(33)中野重治の小説。昭和十四年「革新」に発表。短編集『歌のわかれ』(新潮社・昭15)に所収。
(34)赤黄男の叔父富澤充の知人。
(35)赤黄男の叔父富澤充。
(36)「かもしれなが(ママ)」は別インクで記述。
(37)鈴木八郎の世話で日本油肥販売株式会社へ入社。
(38)ウイル・デュアラントの著作。昭和十五年、第一書房刊。
(39)昭和十二年、大久保康雄訳により三笠書房から抄訳書が出版された。
(40)「が?」は別インクで記述。
(41)昭和十五年、青光社刊の随筆評論。
(42)「地になにごとかある朝露弾《はじ》く」は別インクで記述。
(43)「墜ちて」は別インクで記述。
(44)「季節」五句は右上から左下に向かって斜線が引いてある。
(45)「○」は青インクで記述。
(46)山田芳夫の詩集。昭和十六年、第一書房刊。
(47)「旗艦」同人の村田有路(大阪市)か。
(48)「旗艦」同人の有馬登良夫。昭和二十四年、現代俳句協会の幹事長に就任。
(49)昭和八年、澤田伊四郎が創立した出版社。高村光太郎の『智恵子抄』をはじめ、美しい装幀で知られた。
(50)「旗艦」同人の関菜太郎。
(51)「旗艦」同人の山下青芝。
(52)「旗艦」同人の武藤芳衛。
(53)安住敦の句集『まづしき饗宴』(昭15)
(54)日野草城。
(55)「旗艦」の後身「琥珀」の同人片山桃史。句集『北方兵団』(昭15)。
(56)「琥珀」同人で編集発行を担当。

(57) 日野草城は昭和十五年十二月に「旗艦」を退いた。十六年六月、「琥珀」が創刊されたとき、復帰して雑詠選を担当したが、九月に引退した。

(58) 昭和十六年六月、俳誌統合令により日野草城主宰の「旗艦」・朝木奏鳳主宰の「瑠璃」・薄晩秋らの「原始林」(関西大学学園誌)の三誌が合併し、「琥珀」となる。雑詠選は草城・奏鳳が担当したが、同年九月、二人は引退。

(59) 「(天の狼以後)」は赤鉛筆で記述。

(60) 「切るやはたして走る白雲」は別インクで記述。

(61) 「雲赤く動かねば」は別インクで記述。

(62) 「雲赤き」の句は別インクで記述。

(63) 「く」は赤鉛筆で記述。(以下同じ)

(64) 「レ」は別インクで記述。(以下同じ)

(65) 「もののあり」は別インクで記述。

(66) 「の」「のほろにがさ」は別インクで記述。

(67) 「日の」は別インクで記述。

(68) 「公論」九月号に寄稿した「桜貝」(俳句十句)。

(69) 「旗艦」は「琥珀」の誤り。「旗艦」は昭和十六年六月、俳誌統合で「琥珀」となる。

(70) 詩人。堀口大学に入門。昭和六年、城左門と「文藝汎論」を創刊。昭和十年創刊のモダニズム詩人による俳句雑誌「風流人」の初代編集発行人。詩誌「月曜」にも寄稿。

(71) 詩人。昭和十八年、第三詩集『雪』にて文藝汎論詩集賞を受賞。二十年、ビルマにて戦病死。

(72) 「石楠」「曲水」を経て、昭和十五年「合歓」を創刊主宰。

(73) 「芝火」「天の川」を経て「旗艦」(のち「琥珀」)同人。

(74) 「天の川」の中核俳人。句集『颱風氏』(『現代名俳句集』第一巻・昭16)。

(75) 詩人。東京外国語学校在学中に堀口大学を知り、その主宰誌「オルフェオン」に詩を発表。第一詩集『懸崖』(昭6)。「歴程」(昭10)創刊同人。

(76) 詩誌。昭和六年九月、文藝汎論社から創刊。編集兼発行者は岩佐東一郎。昭和十九年二月終刊まで全一五〇冊。昭和十年二月、文藝汎論詩集賞を設け、第一回は丸山薫『幼年』。初期には北園克衛・竹中郁・安西冬衛・村野四郎・丸山薫らが参加。昭和十年以後、津村信夫・立原道造・中原中也・鮎川信夫らの詩の他、太宰治・高見順・石川淳らの小説も掲載。

(77) 「白露に阿吽の旭さしにけり」「白露に鏡のごとき御空かな」「金剛の露ひとつぶや石の上」などをさす。

(78) 「天の川」を経て、昭和十二年「自鳴鐘」を創刊。句集『海堡』(昭13)。

(79) 「113」以後の番号は青鉛筆で記述。

(80)「く」は赤鉛筆で記述（以下同じ）。
(81)「狙矢ひとつ」は別インクで記述。
(82)「(ひと)」は別インクで記述。
(83)「立ちぬあゝ水晶の雨の中」は別インクで記述。
(84)短編小説。「琥珀」（昭16・10）に発表。
(85)「琥珀」(昭16・12)に寄稿した「手紙」(『天の狼』評)。
(86)「琥珀」同人。
(87)「(今後の日記は別冊に記す)」は別インクで記述。
(88)「の」は別インクで記述。
(89)「やひとは砂上に　海原光る」は別インクで記述。
(90)「や」は赤鉛筆で記述。
(91)「小魚流るる夕べかな」は墨で記述。
(92)「小さき魚の影あひより」は別インクで記述。
(93)「(しづもる)」は別インクで記述。
(94)「瞳」は別インクで記述。
(95)「に睡る貌」は別インクで記述。
(96)ルビの「ゆ」は赤鉛筆で記述。
(97)「ゆくと」は別インクで記述。
(98)「は」は赤鉛筆で記述。
(99)「よ」は赤鉛筆で記述。
(100)「海を蹴り」の句は別インクで記述。
(101)「地に滲みきゆる跫をきけ」は別インクで記述。
(102)「追ふ冬落日」は赤鉛筆で記述。
(103)「国はいま」の句は別インクで記述。
(104)「国戦ふ」の句は別インクで記述。
(105)「し」は赤鉛筆で記述。
(106)「未」は赤鉛筆で記述。
(107)「未」は赤鉛筆で記述。
(108)「寒中の」の句は別インクで記述。
(109)「あはれや雲はとどまらず」は別インクで記述。
(110)「夜の梅」の句から「いまはわれ」の句までの十句は句の中ごろに左から右へと横線を引いて消去してある。
(111)「り」は別インクで記述。
(112)「る日」は別インクで記述。
(113)「琥珀八月号（十七年）」は別インクで記述。
(114)「(七月作)」は別インクで記述。
(115)「となる」は赤鉛筆で記述。
(116)ひとら暗愚の」は別インクで記述。
(117)ルビの「めし」と「食へる」は別インクで記述。
(118)「十八年一月三十日作」は別インクで記述。
(119)「琥珀三月号」は別インクで記述。
(120)「沼／沼／りひそみ」は別インクで記述。
(121)「理想日本」三月号に寄稿した「裸兵讃」(俳句八句)。
(122)「たる<や」は別インクで記述。

(123)「へ」は別インクで記述。
(124)「亀裂」は別インクで記述。
(125)「を流す」は別インクで記述。
(126)「せども」「流れやまず」は赤鉛筆で記述。
(127)「の」「む」は赤鉛筆で記述。
(128)「よ」は赤鉛筆で記述。
(129)「あはれや」は黒インクで記述。
(130)「孤島はあはれ」は別インクで記述。
(131)「かなし雷鳥キロ〳〵と鳴けば」は別インクで記述。
(132)ルビの「きた」は別インクで記述。
(133)「海猫一つなき過ぐる」は別インクで記述。
(134)「この」は別インクで記述。
(135)「に星蒼光り」は黒インクで記述。
(136)「星一つある」は赤鉛筆で記述。
(137)「いま蒼きオホツクの海」は赤鉛筆で記述。
(138)「き」は黒インクで記述。
(139)「を」は黒インクで記述。
(140)「はかなし南へ向いてゆけよ」は別インクで記述。
(141)「吾がむくはオホツクの海といふ」は黒インクで記述。
(142)「この砂ゆきて貝殻もなし」は別インクで記述。
(143)「荒海に」の句から「ゆふぐれの」の句までの三句は別の黒インクで記述。
(144)「の下」は別インクで記述。
(145)「這松の」の句から「冬来ると」の句までの六句は別の黒インクで記述。
(146)「は」は赤鉛筆で記述。
(147)「寒月の」の句は別インクで記述。
(148)「昭和十九年三月十五日／召集解除後ノ作品」は赤鉛筆で記述。
(149)「秋雨の」の句から「秋の日の」の句までの四句は大きく×印で消してある。
(150)「神々の」の句から「此の年の」の句まえの七句は大きく×印で消してある。
(151)「コハク十一月号へ」は別インクで記述。
(152)「巨いなる」は別インクで記述。
(153)「次ニ書キ改ム」は赤鉛筆で記述。
(154)「寒梅や」の句から「神の鷲」の句までの二十三句は句の中ごろに左から右へと横線を引いて消去してある。
(155)「蜻蛉や」の句は別インクで記述。
(156)「天きしむ」は別インクで記述。
(157)「耀よふ」は別インクで記述。
(158)「猛けき」は別インクで記述。
(159)「きりきりと」の句から「寒梅や」までの五句は大きく×印で消してある。

(160)「終戦後／太陽系発行／別冊に記す」は赤鉛筆で記述。

(161)「終戦後別冊に記す」は赤鉛筆で記述。

(162)「羽がふる」の句から「春睡は」の句までの四句は大きく×印で消してある。

(163)「湖がみえる」の句から「春睡の」の句までの五句は大きく×印で消してある。

III

「支那事変六千句」八十年目の真実

―皇軍へのバイアスと情報操作―

はじめに

昭和十二年七月七日、北京郊外で起った「盧《ろ》溝《こう》橋《きょう》事件」を発端に日中戦争が勃発した（「北支事変」から「支那事変」へと拡大）。これを契機に、俳壇では、伝統派・新興俳句・中間派・自由律など流派を問わず、戦争俳句が数多く詠まれるようになった。

戦争俳句は、中国各地に出征した将兵たち（主に出征俳人たち）が現地で詠んだ「前線俳句」（従軍俳句）と、日本国内の俳人たちが戦争に関して詠んだ「銃後俳句」（戦火想望俳句を含む）に大別される。では、「前線俳句」と「銃後俳句」とでは、どちらが多く詠まれたのだろうか。改造社の俳句総合誌『俳句研究』の昭和十三年十一月号では「支那事変三千句」を収録（俳誌を中心に九二誌、句集三冊、新聞四紙からサンプリング）。その内訳は「前線俳句」が一四五八句（「北支方面」七六一句、「中支方面」六九七句）、「銃後俳句」が一三六五句で、合計二八二三句。また、同誌の昭和十四年四月号では「支那事変新三千句」を収録（俳誌を中心に句集・新聞など二二九資料からサンプリング）。その内訳は「前線俳句」が二二二一句（北支篇八六三句、中支篇八九七句、南支篇二二九句、国境篇二三二句）、「銃後俳句」が一〇〇七句（白衣篇一八四句、銃後生活篇六一〇句、戦火想望篇二一三句）で、合計三二二八句。「三千句」も「新三千句」も、「前線俳句」の方が多い。「新三千句」では「前線俳句」は「銃後俳句」の二倍以上に増加している。

収録句は初出誌が示されているが、掲載年月は記されていない。そこで初出誌と照合してみると、「新三千句」には『俳句研究』昭和十三年六月号掲載の島田洋一《ママ》の句や、「京大俳句」昭和十四年四月号掲載の仁智栄坊《にちえいぼう》の句が収録されているが、これは収録年月の点で例外的と看做せよう。「三千句」に『俳句研究』昭和十三年八月号掲載の東鷹女（三橋鷹女）の句が収録され、「新三千句」に同誌九月号掲載の渡辺白泉の句が収録されていることに着眼すると、「三千句」の収録年月はおよそ昭和十二年九月号から昭和十三年八月号まで、「新三千句」はおよそ昭和十三年九月号から昭和十四年二月号までと看做すのが妥当であろう。

では、この「三千句」と「新三千句」のデータは俳壇における「前線俳句」と「銃後俳句」の数を反映したものなのだろうか。このデータを根拠にして、「前線俳句」の方が多く、戦局が進むにつれてますます多くなると主張する論者[1]もいる。だが、私はその見解には以前から懐疑的だ。出征俳人に比べて銃後の俳人が圧倒的に多いこと。「三千句」「新三千句」の「前線俳句」は将校のヒエラルヒーを反映した編集であり、また、「皇軍の戦争目的は着々と収められ（略）戦線に己を捨てゝ戦ひつゝある英雄詩人たる将兵諸氏の戦線俳句」といった編集後記の文言から推して、戦勝や戦意高揚を意識して「前線俳句」にバイアスをかけたと推測されること。出征した兵士は東北地方の農村の若者が多く、俳句に親しむリテラシーは十分ではなかったろうことなど。これらが懐疑的であることの根拠だ。

そこで、本稿では推測統計学に倣って偏りなく十七俳誌を選定し、その中から「前線俳句」と「銃後俳句」をサンプリングすることで、どちらが多いかを実証的に推定しようとした。また、そのサンプリングのデータや、サンプリングの過程で見えてきた戦争俳句に関する様々な事柄についても言及した。

一　「三千句」「新三千句」の背景

『俳句研究』の膨大なアンソロジー「支那事変三千句」「同新三千句」が編まれた背景として、「改造社」ジャーナリズムと時局との関わりの歴史的な経緯を一瞥しておこう。山本実彦《さねひこ》は大正八年、改造社を設立、総合雑誌「改造」を創刊し、大正時代の社会思想をリードしたが、大正末から昭和にかけて『現代日本文学全集』（全62巻）を刊行、円本ブームをまき起こしたことで知られる。『マルクス・エンゲルス全集』（昭3）などでも成功を収め、総合短歌誌『短歌研究』（昭7）に次いで、昭和九年には総合俳句誌『俳句研究』を創刊した。

この『改造』と『俳句研究』の編集兼発行人を担ったのが山本三生《さんせい》。三生は実彦と同じ鹿児島県生まれだが、実彦の親族ではなく、実彦より八歳年下。この三生の下で昭和九年から『俳句研究』の編集に従事したのが山本健吉（九年五月、特高警察に検束されて失職。翌年復職）。[2]『俳句研究』が創刊された昭和九年から十年にかけては、新興俳句が全国的に勃興した時代であった。『俳句研究』は新興俳句に門戸を開き、日野草城・山口誓子をはじめ、篠原鳳作・西東三鬼・渡辺白泉ら新鋭俳人たちをも、作品と評論の両面で積極的に登用した。日中戦争勃発後、新興俳句を中心に俳壇全体に戦争俳句が流行した際も、積極的に戦争俳句やその評論や座談会を掲載し、その流れを後押しした。〈**提燈を遠くもちゆきてもて帰る**〉（渡辺白泉・漢口陥落祝賀の提燈行列の句）や〈**山陰線英霊一基づつの訣れ**〉（井上白文地）など、戦勝・戦意高揚の時局に批判的な句も載った。これは作者と編集者の双方に俳句弾圧への顧慮がほとんどなかったからだろう。

他方、『改造』は創刊以来たびたび発売禁止による当該論文切取りの処分を受けたが、日中戦争勃発以前は「日独協定批判」（昭12・1）「近衛内閣総批判」（昭12・7）など毎号特集を組み、労農派の学者・社会運動家たち――向坂逸郎《さきさかいつろう》・有沢広巳《ありさわひろみ》・大森義太郎《おおもりよしたろう》・山川均《やまかわひとし》・鈴木茂三郎《すずきもさぶろう》・荒畑寒村《あらはたかんそん》ら――を中心に旺盛な論陣を張った。しかし、昭和十二年十月の「支那事変」特集号と増刊号以後は、(3) 松原一枝《まつばらかずえ》が言うように「労農派の評論家・教授グループはそれ以来、再び『改造』に登場することはなかった」。

『改造』は続いて『上海戦勝記』増刊号（昭12・11）『南方支那』増刊号（昭12・12）を刊行。こうした戦勝・戦意高揚の時局に同化した急激な編集転換に拍車が掛かったのが火野葦平《ひのあしへい》の徐州会戦従軍記「麦と兵隊」三百枚の一挙掲載（昭13・8）。翌九月、直ちに単行本化され、定価一円で百二十万部を売り尽くした。『改造』と『俳句研究』は毎号のように『麦と兵隊』の派手な折込み広告を打った。この大ブームに連動して『俳句研究』も、同九月直ちに三俳人による俳句版「麦と兵隊」の大作（日野草城・東京三・渡辺白泉の戦火想望俳句）を一挙掲載した。アンソロジー「三千句」「新三千句」は、戦勝・戦意高揚の時局の趨勢に連動した『麦と兵隊』、俳句版「麦と兵隊」の流れを承けての編纂であり、時局の趨勢のバイアスがかかったものと読み解くのが妥当だろう。

二 「前線俳句」と「銃後俳句」のサンプリング結果と分析

日中戦争の勃発後、戦線が拡大、長期化した昭和十三年後半ごろ、どのくらいの俳誌が出ていたのだろうか。(4)幡谷東吾《はたやとうご》によれば新興俳句系は約一二〇誌、それに準ずるものは約三五誌。伝統派は(5)大場白水郎《おおばはくすいろう》によれば、昭和七年の時点で約一〇〇誌。合計二五五誌。「新三千句」の母集団は新聞などを含む約二三〇誌なので、ほぼ当時の俳誌を網羅したものと看做せよう。

現在の時点で、これら全件のビッグデータから「前線俳句」と「銃後俳句」を全て抽出処理することは、資料的にも処理能力的にも不可能だ。そこで偏りなく総合俳句誌一（『俳句研究』）、新興俳句誌七（「馬酔木」「天の川」「京大俳句」「句と評論」「風」「土上」「旗艦」）、伝統俳句誌五（「ホトトギス」「鶏頭陣」「鹿火屋」「かつらぎ」「倦鳥」）、中間俳句誌一（「石楠」）、自由律俳句誌二（「層雲」「海紅」）、人間探求派誌一（「鶴」）を選定し、各誌から「前線俳句」と「銃後俳句」を収集した。そして、その実証的なデータから全俳誌において、「前線俳句」と「銃後俳句」はどちらが多いかを推定した。

＊

表2の下段の「総合計」欄の左端に示したとおり、十七俳誌を合わせた「銃後俳句」の総合計は一三六六三句、「前線俳句」のそれは二八九〇句で、予想したとおり「銃後俳句」の方が圧倒的に多い。また、表1（「支那事変三千句」に対応）の十七俳誌全体の「銃後俳句」は八一六八句、「前線俳句」は一五〇六句で、「銃後俳

俳誌における「前線俳句」と「銃後俳句」の掲載数

表1（昭和12年8月号〜昭和13年8月号・「支那事変三千句」に対応）

合計	鶴	海紅	層雲	石楠	倦鳥	かつらぎ	鹿火屋	鶏頭陣	ホトトギス	旗艦	土上	風	句と評論	京大俳句	天の川	馬酔木	俳句研究	俳誌／年月	
36		8	0	1	0	0	0	0	0	13	0	2　3号	1	6	5	0	0	8月	昭和12年
0		0	0	0	0	0	0	0	0	0	0	0	0	0	0	0	0		
227	1	26	5	7	2	0	4	12	0	25	24	12　4号	11	20	34	2	42	9月	
9	0	0	0	0	0	0	0	0	0	0	0	9	0	0	0	0	0		
740		90	93	36	45	3	11	50	9	22	48	11　5号	71	53	113	19	66	10月	
30		0	0	0	0	0	0	0	1	0	0	14	0	0	15	0	0		
883		51	120	104	30	7	19	11	27	47	37		128	30	149	18	105	11月	
26		0	0	0	0	0	2	0	4	0	0		10	0	10	0	0		
756	6	45	83	107	52	5	23	54	21	15	34		158	45	休刊	50	58	12月	
92	0	5	5	54	0	0	2	0	21	0	0		5	0		0	0		
1121	7	46	117	157	16	16	23	39	15	104	60		155	39	172	91	64	1月	昭和13年
153	0	10	9	46	4	1	0	0	42	2	0		19	0	15	5	0		
622	15	21	70	131	18	10	21	28	17	33	40		休刊	49	70	60	39	2月	
125	0	7	4	40	2	11	0	0	45	0	3			0	3	10	0		
582	1	22	47	131	2	5	9	14	12	39	39	21　6号	115	46	休刊	38	41	3月	
158	0	7	11	37	3	8	4	0	63	0	3	11	5	0		6	0		
800	12	17	35	79	1	2	1	37	15	43	64	69　7号	75	97	94	68	91	4月	
293	0	4	7	88	0	11	2	12	89	5	11	18	4	0	32	10	0		
556	15	16	34	61	7	3	4	7	15	38	31	「風」は4月で終刊	54 広場	68	103	62	38	5月	
179	0	8	1	31	3	12	4	8	40	0	11		4	0	52	5	0		
607	1	13	17	49	10	4	15	4	13	43	34		167	114	60	21	42	6月	
127	0	0	4	38	2	13	4	3	47	0	3		0	0	12	1	0		
585	8	12	24	63	3	2	14	6	9	73	36		78	65	139	36	17	7月	
179	0	15	6	31	1	16	7	2	55	1	0		1	1	35	8	0		
653	10	10	23	30	5	1	5	4	4	76	45		131	92	176	15	26	8月	
135	0	0	0	32	3	6	3	4	39	25	8		5	0	9	1	0		
8168	76	377	668	956	191	58	149	266	157	571	492	115	1144	724	1115	480	629	合計	
1506	0	56	47	397	18	78	28	29	446	33	39	52	53	1	183	46	0		

〔凡例〕

1　「前線俳句」は中国各地に出征した将兵たち（主に出征俳人たち）が現地で詠んだ句（戦闘俳句とは限らない）とした。また「銃後俳句」は日本国内（現在の日本国土のエリア内）に住む俳人たちが戦争に関して詠んだ句とした。

2　日本の旧植民地である台湾や朝鮮などに住む人々が詠んだ句は除いた。

3　新聞社や通信社などから中国に派遣された人々、中国旅行の人々、以前から中国各地に居住する人々など民間人が詠んだ句は除いた。

4　中国各地に出征した将兵たちの句か民間人の句か判別しにくい句は、出征俳人リストと句の内容から適宜判別した。

表 2(昭和 13 年 9 月号〜昭和 14 年 2 月号・「支那事変新三千句」に対応)

合計	鶴	海紅	層雲	石楠	倦鳥	かつらぎ	鹿火屋	鶏頭陣	ホトトギス	旗艦	土上	風	広場	京大俳句	天の川	馬酔木	俳句研究	俳誌／年月	
890	10	7	31	54	2	2	7	17	8	57	50	「風」は昭和十三年四月で終刊	185	165	107	31	157	9月	昭13年
140	0	13	0	33	3	4	0	0	34	8	4		17	0	20	4	0		
658	9	12	44	54	2	5	9	21	8	73	51		89	104	139	24	14	10月	
178	0	0	0	37	0	9	7	18	46	9	17		16	0	11	8	0		
847	8	33	72	67	12	3	4	26	11	78	99		154	105	103	44	28	11月	
216	0	31	1	70	0	5	3	20	24	24	8		11	0	8	11	0		
1093	14	29	41	95	19	7	14	21	24	126	71		101	184	102	71	174	12月	
221	0	5	0	67	2	11	1	18	49	11	3		41	0	7	6	0		
1224	29	25	30	112	11	7	19	36	19	109	100		128	121	283	94	101	1月	昭14年
364	0	31	1	58	0	11	12	17	52	42	13		12	0	40	10	65		
783	12	20	38	71	11	3	12	42	14	54	75		77	131	146	47	30	2月	
265	0	13	9	42	4	11	6	29	53	24	6		14	0	41	8	5		
5495	82	126	256	453	57	27	65	163	84	497	446		734	810	880	311	504	合計	
1384	0	93	11	307	9	51	29	102	258	118	51		111	0	127	47	70		
13663	158	503	924	1409	248	85	214	429	241	1068	938	115	1878	1534	1995	791	1133	総合計	
2890	0	149	58	704	27	129	57	131	704	151	90	52	164	1	310	93	70		

5　各俳誌からの収集句は、主宰者や同人の句、特別作品、雑詠欄の句などとし、新人作品や支部句会や地方句会の句は除いた。

6　「風」は「句と評論」から分かれた同人誌なので、「句と評論」と併合するかたちで選定した。また「句と評論」は昭和十三年五月号から「広場」と改題した。

7　「天の川」の昭和十三年十一月号と十二月号は合併号なので、「前線俳句」も「銃後俳句」も十一月と十二月に折半した句数を記入した。

8　「鶴」の昭和十三年九月号と十月号は合併号なので、「銃後俳句」は九月と十月に折半した句数を記入した。

9　「天の川」昭和十四年二月号は国会図書館など主要資料館で欠号のため、昭和十四年三月号で代替した。

10　表1・2の各月の上段の数字は「銃後俳句」の句数を、下段の数字は「前線俳句」の句数を表す。

11　表1の各月の／線部は俳誌が未刊行であったことを表す。

句」の方が圧倒的に多い。表2（「支那事変新三千句」に対応）の十六俳誌（「風」は終刊）全体の「銃後俳句」は五四九五句、「前線俳句」は一三八四句で、同じく「銃後俳句」の方が圧倒的に多い。戦局が拡大していっても、圧倒的に「銃後俳句」が多いという現象は変わっていない。以上の表1・2のデータは俳壇全体の「銃後俳句」と「前線俳句」のデータ（句数）の特徴、傾向に通じると看做せよう。換言すれば、「支那事変三千句」「同新三千句」のデータは、改造社というメディアが戦局が拡大する中、戦意高揚と戦勝にバイアスをかけ、情報操作（捏造）したものだった、と言えよう。

ちなみに、山茶花同人編・田村木国《たむらもっこく》代表『聖戦俳句集』（昭14・4／GHQによる没収指定図書）は、昭和十二年八月号から昭和十四年二月号までの「山茶花」から「戦地篇」四五二句、「銃後篇」七三六句を収録している。また、同じく伝統俳句誌「若葉」は、昭和十三年一月号から昭和十四年二月号までのデータでは「銃後俳句」一五四句、「前線俳句」三六句であった（国会図書館等で昭和十二年が欠本のため表1・2に登載せず）。これらのデータも表1・2のデータや考察を補強するもの。

表1・2には非常に興味深いデータがいくつも見られる。それらを背後にある事情なども含めて、箇条書き的に考察してみよう。

①まず目から鱗なのが、「ホトトギス」の「前線俳句」が「石楠」と並んで圧倒的に多いこと。これは長谷川素逝の「前線俳句」が毎号のように巻頭や巻頭近くを占めていたことが原因ではなく、大結社の「ホトトギス」は圧倒的に出征俳人が多く（表7参照）、彼らが投じる「前線俳句」を虚子が一句ないし二句を中心に積極的に選出したからである。つまり、出征俳人の頭数で「前線俳句」の句数を稼いだのである。

②「ホトトギス」と対照的なのが「京大俳句」。「銃後俳句」は大変多いが、「前線俳句」は皆無に近い。「銃後俳句」では西東三鬼・仁智栄坊・杉村聖林子《すぎむらせいりんし》らが連作の「戦火想望俳句」を頻繁に詠むなど銃後俳人が活躍したが（表8参照）、「前線俳句」では出征俳人が少なく（表7参照）、彼らの句が投じられなかったか

らである。

③中間俳句誌の「石楠」は「前線俳句」も「銃後俳句」も極めて多い。これは大結社で、出征俳人も多い上に（表7参照）、「ホトトギス」と違って戦争俳句に熱心に取り組み、「前線俳句」にも「銃後俳句」にも活躍した俳人が多かったからである（表7・8参照）。

④概して新興俳句誌には「銃後俳句」が極めて多く、伝統俳句誌には極めて少ない。その主な理由は新興俳句誌では戦争や戦闘状況を想像力を駆使して詠む「戦火想望俳句」が盛んに試みられたこと。「戦火想望俳句」は連作で、大作も多かったため「銃後俳句」の句数の増大に繋がった。新興俳句の俳人たちは「銃後の作家には想像の世界があり（略）自由奔放の構想を肆にし得るの長がある」（渡辺白泉）という俳句観を共有し、その果敢な実践として白泉の「支那事変群作」一一六句の大作（「広場」昭13・6）などが詠まれた。他方、伝統俳句誌では基本的に「花鳥諷詠」「客観写生」的な拘束や禁忌の意識が働き、戦争という無季の素材を詠むことと、嘱目による客観写生を離れて想像力に心を委ねることとに積極的に踏み切れなかった。それが「銃後俳句」（特に「戦火想望俳句」）が極めて少ない主因であろう。

⑤新興俳句誌の中では「天の川」が「銃後俳句」も「前線俳句」も極めて多い。これは「石楠」と同じ理由である。すなわち、大結社で、出征俳人も多く（表7参照）、戦争俳句に果敢に挑戦し、「銃後俳句」「前線俳句」の両方に活躍した俳人が多かったからである（表7・8参照）。

⑥新興俳句誌の中で「馬酔木」と「土上」は「銃後俳句」も「前線俳句」も意外と少ない。「馬酔木」に「銃後俳句」が少ない理由は、無季俳句を排する立場に立ち、すでに新興無季俳句陣営の戦争俳句への挑戦や戦火想望俳句への試みから離脱していたことに因ろう。また、「土上」に「銃後俳句」が少ない理由は、リアリズムによる生活俳句を重んじ銃後生活は詠んだが、戦火想望俳句に積極的に踏み切れなかったことに因ろう。両誌とも「前線俳句」が少ないのは、「旗艦」の富澤赤黄男・片山桃史、「天の川」の田中桂香《たなかけいか》

のように多くの「前線俳句」を詠んだ代表的な俳人が少なかったことに因ろう（表7参照）。

⑦自由律俳句誌の「層雲」と「海紅」の「銃後俳句」は伝統俳句誌のそれに比べて多い。これは「銃後俳句」を詠むことに積極的であったことを物語る。「海紅」の「前線俳句」が多い理由は、出征した大倉《おおくら》鍾一《しょういち》・桶銭塘《おけせんとう》ら十名前後の主要俳人たちが前線から盛んに句を投じたからである。

⑧表1・2のデータからは直接読み取れないが、概して新興俳句誌の「前線俳句」には「保定入城式」と前書のある〈**入城式戦傷跛馬もしたがへり**〉（田中桂香「天の川」昭12・11）のように前線の状況や戦闘状況を無季で詠んだものが目立つ。対照的に、概して伝統俳句誌のそれには〈**支那の井戸口みな狭し夏木立**〉（猪子水仙「ホトトギス」昭12・12）のように露営や行軍の途中で目にした光景や自然現象などを季語を配して詠んだものが多く見られる。この違いは、戦争俳句に挑戦しようとする新興俳句の俳人たちと、前線においても「花鳥諷詠」「客観写生」的な縛りから抜け出せない伝統俳句の俳人たちとの立ち位置の差異に起因しよう。

⑨月別で眺めると、七月七日の日中戦争勃発に素早く反応して、八月号で「銃後俳句」が見られるのは新興俳句誌。「旗艦」「京大俳句」「天の川」の素早い反応が目立つ。自由律の「海紅」の反応が素早いのには驚かされる。伝統俳句誌は軒並みに反応が鈍い。

⑩昭和十二年十一月号から昭和十三年一月号にかけて「銃後俳句」も「前線俳句」も多くなっていく。この背景には北支のチャハル・津浦《しんぽ》・太原《たいげん》などの作戦と、中支の上海作戦があるだろう（第三章、第五章参照）。

⑪昭和十三年三月号から同四月号にかけて「前線俳句」が多くなる。これは北支の山東作戦と、中支の南京作戦の反映と看做せよう（第三章、第五章参照）。

⑫昭和十三年十二月号から昭和十四年二月号では「銃後俳句」も「前線俳句」も最も多くなる。これは日中戦争の作戦中、最長期間（五ヶ月）を要し、最大規模の三十万の兵力を動員した武漢作戦の反映であるこ

とは明らかだろう。この作戦の日本軍の死傷者は三万人近くに上ったという（第三章、第五章参照）。

⑬各俳句誌において突出して句数の多い月があるが、それにはそれぞれ事情がある。たとえば『俳句研究』昭和十三年九月号は俳句版「麦と兵隊」特集。同昭和十四年一月号は長谷川素逝の前戦俳句の大作「たたかひ」五一句。「広場」昭和十三年六月号は渡辺白泉の戦火想望俳句の大作「支那事変群作」一一六句。「天の川」昭和十四年一月号の句数の増大は前号が合併号であったことに因る。

三　中国戦線の拡大と「前線俳句」「銃後俳句」との連動

盧溝橋事件に端を発した中国戦線は北支から中支へ、さらに南支へと拡大した。戦線の移動、拡大に伴い日本軍（皇軍と言った）の新たな兵団が投入された。したがって、「前線俳句」も戦線の移動、拡大と連動して北支から中支へと展開した。これは当然の現象である。「銃後俳句」もメディアを通して中国戦線の展開に連動する。したがって、「前線俳句」と「銃後俳句」は中国戦線の展開のいわば縮図と看做せよう。そこで、中国戦線の拡大のプロセスを箇条書きで整理するとともに、それに対応した「前線俳句」と「銃後俳句」の適例を探ってみよう。

（注・出典の下の（）内の数字は出征月を示す。各俳誌の「消息」欄に「出征」「応召」の年月日の記載がなく、単に「出

征」「応召」とあるものは、一ヶ月前の「出征」「応召」と看做した）

①盧溝橋事件は現地で停戦協定が成立したが、近衛文麿内閣は軍部強硬派の圧力もあり、不拡大方針を変更、北支派兵を声明。

②日本軍は朝鮮・満州から送り込んでいた部隊に加え、日本から増派した三個師団による総攻撃で七月二十八日までに北京・天津一帯を制圧（動員兵力二十万九千人、徴発馬五万四千頭、船舶三十六万トン）。

北支出兵あはたゞし松葉牡丹咲く　**内藤吐天**　『俳句研究』9

兵隊が征くまつ黒い汽車に乗り　**西東三鬼**　「京大俳句」8

征く人の母は埋れぬ日の丸に　**井上白文地**　「京大俳句」9

壕深く兵士は落花生の如くあり　**栗生純夫**　「石楠」12（北支8）

敵の屍まだ痙攣す霧濃かり　**熊谷茂茅**　「石楠」1（北支10）

みいくさは酷寒の野をおほひ征く　**長谷川素逝**　「ホトトギス」1（北支10）

③北支方面軍は、中国軍が後退する持久戦をとったこともあり、八月末に張家口《ちょうかこう》、九月中旬に保定《ほてい》・大同《だいどう》、十月中旬石家荘《せっかそう》、十一月初旬太原をそれぞれ占領。また、十月中に満州国に隣接する河北・チャハル・綏《すい》遠《えん》・山西の各省の要地を占領し、さらに山東・河南省に向かって進攻。北支戦線は拡大した。

保定入城式

入城式戦傷跛馬もしたがへり　**田中桂香**　「天の川」11（北支8）

保定攻略

トーチカに月墜ち陰影が犇めけり　**本岡八十八**　〃　（北支）

石家荘に進軍
落日の高粱高し秋の声　住谷一念　「土上」2（北支）
石家荘陥ちしよろこび婢にもつたへ　西条いさを　「句と評論」1
敗残兵鉄路襲撃頻々　本田朴人　「鹿火屋」5（山西省）

④北支で戦争が勃発すると、中支の上海でも八月十三日、日中両軍が戦闘に突入。陸軍の動員兵力三十万人、徴発馬八万七千頭。日本軍は縦横に走るクリーク（水濠）に苦しみ、中国軍に包囲され、数ヶ月の間に戦死者は四万人を越えた。そこで主作戦を北支から上海方面に転じ、十一月中旬、杭州湾北側と揚子江側との両面攻撃により中国軍を総退却させた。

憂々とゆき憂々とゆくばかり　富澤赤黄男　「旗艦」11（中支11）
前線へ前線へ銀河ながれたり　奥澤青野　「風」10（上海9）
天の川澄み上海は燃ゆる燃ゆる　佐藤流葉　「石楠」12（上海9）
クリークの浮草青き陣地かな　久野一仙　「ホトトギス」11（上海10）
上海の兵火そびらにトラムプ陣　星野圭司　「句と評論」1（上海10）
哨兵にクリークの鴨ちら〳〵す　佐藤一村　「かつらぎ」4（上海）

⑤日本軍は中国軍を追撃して十二月十三日、南京を占領。国民政府は十一月、すでに首都を南京から奥地に移して抗戦を続けたので、長期戦の様相を呈していった。

落日をゆく落日をゆく真赤《あか》い中隊　富澤赤黄男　「旗艦」8（中支11）

南京陥落祝捷提燈行列

歓呼、灯が灯が触れあつて爆発する推進する　荻原井泉水　「層雲」1

昭和十二年十二月九日。東京朝日新聞社より南京陥落の句を徴されて

砲火そゝぐ南京城は爐の知し　高浜虚子　「ホトトギス」13・12

同盟通信社支那側ニュース

「長期抗戦」を叫ぶ蔣介石の声の低き　津路章人（火渡周平）「旗艦」2

南京陥つ輜重黙々と雨に濡れ　片山桃史　「旗艦」8（北支7）

南京入城

霧ながら日輪のぼり軍馬ゆく　栗田苗水　「馬酔木」4

南京占領

城陥ちぬ霜深き夜をひた攻めし　斎登志夫　「馬酔木」5

⑥徐州《じょしゅう》作戦　北支派遣軍は黄河以北を占領し、中支派遣軍は揚子江南岸地区を占領していた。徐州は北支と中支を連絡する要衝の地。昭和十三年五月初旬に南と北から進撃する徐州作戦が実行された。火野葦平の『麦と兵隊』に描かれたように、果てしなく続く炎熱の麦畑の中を進軍。中国軍はいち早く西南方に退却したため、五月二十日、徐州を占領した。

徐州陥落前後

桃史死ぬ勿れ俳句は出来ずともよし　日野草城　「旗艦」6

兜町

徐州陥ちぬ株式街の朝晴れたり　小西兼尾　「広場」7

徐州会戦

将兵も砲車もつけし青葉かな　川口葭味　「鹿火屋」8（中支）

津浦線（注・徐州を中間点として北支と中支を結ぶ鉄道）

津浦線貨車うごきそむ麦は秋　奥澤青野　「広場」8（中支9）

麦と兵隊を読みて作る

戦場へ手ゆき足ゆき胴ゆけり　渡辺白泉　『俳句研究』9

⑦武漢作戦　武漢三鎮（武昌・漢口・漢陽の三都市）は揚子江中流の中心地。南京陥落後、国民政府の主要機関は一時ここに集まっていたが、武漢作戦を予期して、十三年六月には奥地の四川省重慶に移転させていた。中支派遣軍の第二軍は北方から、第十一軍は東方から進攻し、十月二十六日漢口を占領。この作戦で第二軍は約五千人、第十一軍は約二万二千人の死傷者を出した。

漢口陥落祝賀提燈行列

提燈を遠くもちゆきてもて帰る　渡辺白泉　『俳句研究』12

武漢陥ちたり市電にもまれ九段過ぐ　島田《ママ》洋一　『俳句研究』12

武漢落ち国は大いなる冬に対ふ　富安風生　「若葉」12

壕を掘る敵前近く裸なる　武笠美人蕉（戦死）「馬酔木」11（中支12・10）

漢口攻略戦

日照雨降る戦車の横にある青野　佐藤五城　「馬酔木」12

⑧南支の広東作戦　武漢進攻作戦と並行して広東作戦も行われた。第二十一軍は十月十二日、バイアス湾上陸。十月二十一日、広東を占領。この作戦は中国軍の主力が武漢に集結していたため、容易に成功したが、コレラなどの疫病、飲料水不足、酷暑により、多くの患者と徴発馬の死をもたらした。

征く船の秋日に高く檣頭あり　大久保忘名子　「馬酔木」1（南支）

僚船もゆれその裸兵らも共に揺れ　吉田破軍星　『俳句研究』1（南支）

南支バイアス湾上陸

バイアス湾明けたり軍靴に深く踏まれし　土屋安曇子　「旗艦」1（南支）

月の出おそしわかい部隊長は寝たと言ふ　河合夢舟　「海紅」1（南支）

四　出征俳人の転戦エリア

次に、中国戦線が北支、中支、南支へと移動、拡大するに伴い、出征俳人たちがどのように転戦したかを、出征俳人が多い「ホトトギス」「石楠」「天の川」の三誌から探ってみよう。三誌に登場する出征俳人たちの転戦状況を全体的に眺めると、三つのタイプに分類できる。
①北支あるいは中支のエリア内だけの転戦。
②北支→中支、あるいは中支→北支への転戦。
③北支→中支→北支のように三エリア以上の転戦。

全体としては①のタイプが極めて多い。各誌ごとに主なサンプルを挙げる（注・［ ］内の数字は各俳誌に当該俳人の句や消息が掲載された月を示す）。

①のタイプ「ホトトギス」は北支48名、中支50名とほぼ同数。「石楠」（23名・16名）と「天の川」（18名・7名）は北支が多い。また、「ホトトギス」と「石楠」の中支は上海派遣軍が多い。

「ホトトギス」：〈北支〉吉田行太路（保定［12］太原［2～4］北支［6～7］山西［7］）〈中支〉久野一仙（上海［11～5］）、渡辺こうみ（上海［12］江南［2～4］鎮江［6］江北［7］上海［7］江北僻地［8］）

「石楠」：〈北支〉栗生純夫（北支［12・10～14・2］）、熊谷皓月（のち茂茅）（北支［12・11～14・1］）

「天の川」：〈北支〉田中桂香（北支［7］永定河の渡河戦→国安城攻撃→平城包囲戦→洛陽［9］保定入城［11］北京露営［13・10］山西高台［14・1］）、山田吉彦（北支［12・8～14・1］）

②のタイプ「ホトトギス」2名、「石楠」5名、「天の川」1名。

「ホトトギス」：〈北支→内蒙古〉長田三石（北支［12～2］奉天［3～5］北支［6］内蒙古［7～8］）

「石楠」：〈北支→中支〉福間幽二（北支［12～10］中支［12］）

「天の川」：〈中支→南支〉柿田汀月（出征［10］杭州［4］中支［10］南支［2］）

③のタイプ「ホトトギス」2名、「石楠」4名。

「ホトトギス」：〈北支→中支→北支→青島〉長谷川素逝（北支［11～2］南京［3～4］北支［6～9］青島［10］）〈北支→中支→北支〉南恵之（北支［12～2］中支［4］北支［5～9］）

「石楠」：〈北支↓中支↓北支〉清水葩志芽（北支［12〜2］南京［3］中支［4］北支［5〜1］）

なお、「前線俳句」の代表的な俳人である「旗艦」同人の富澤赤黄男と片山桃史の転戦について、「旗艦」・句集・年譜・句日記・書簡などから追尋しておく。赤黄男は「年譜」によれば、昭和十二年十一月に中支に出征（実際は十月初めの出征と推測される）。「句日記」（「戦中俳句日記」）を参照すると上海・南京を経て徐州《じょしゅう》作戦、武漢《ぶかん》作戦に参加、寒山寺《かんざんじ》（湖北省武漢市新洲区）に至っている。張継の「楓橋夜泊」の詩で有名な寒山寺（江蘇省蘇州市楓橋鎮）とは別の寺である。

片山桃史は赤黄男の「句日記」によれば、昭和十二年七月二十八日出征（「旗艦」昭和十二年九月号の「消息」欄によれば八月二十一日出征）。大阪天保山（大阪港）より京城市竜山へ着任。ここで小銃を渡され、天津《てんしん》↓保定《ほてい》↓石家荘《せっかそう》↓娘子関《じょうしかん》を経て、山西省や黄河流域など北支を転戦したと推測される（第三章で挙げた桃史の〈南京陥つ輜重黙々と雨に濡れ〉は戦勝の報を耳にしてのものと思われる）。

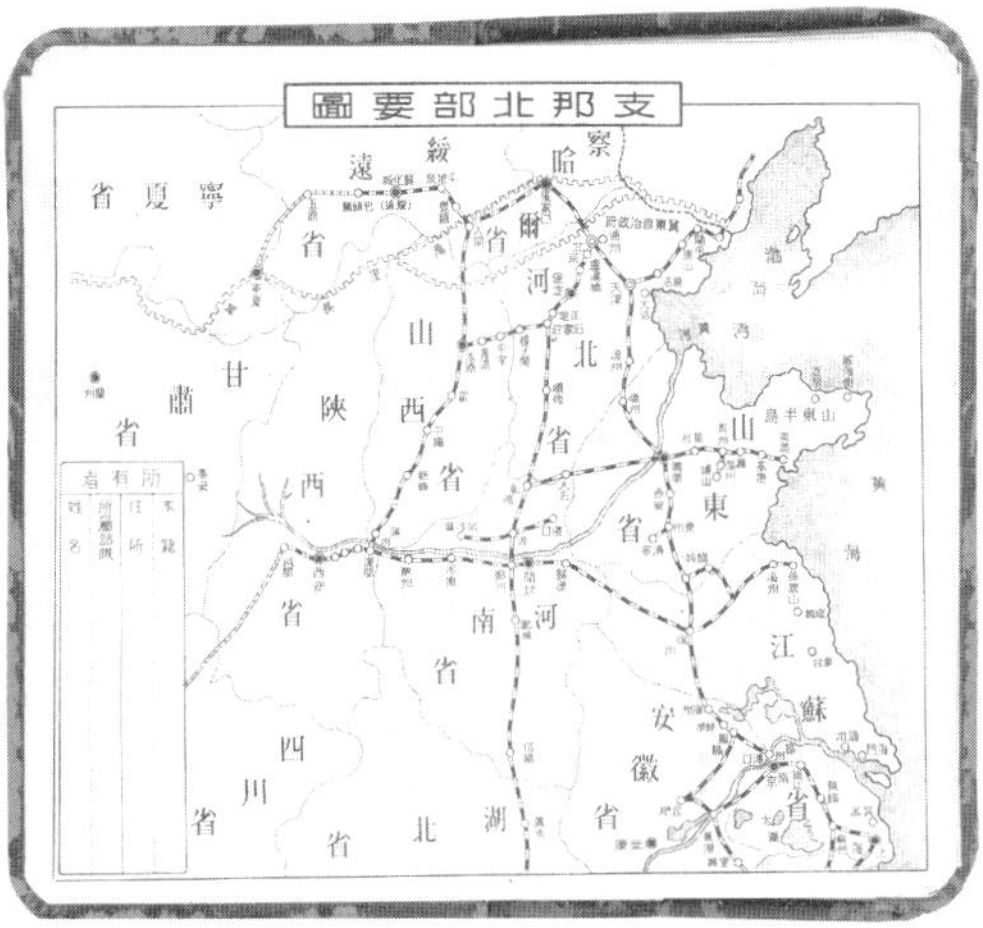

片山桃史『皇軍戦線日記』帳の表紙と見返しに印刷された「支那北部要図」（宇多喜代子氏旧蔵）

五　中国攻略作戦と「銃後俳句」の素材の連動

　今度は逆に視点を変えて、中国戦線が北支から中支へと拡大し、長期戦の様相を呈するに至る経過と連動して「銃後俳句」の素材にどのような変化が見られたかを探ってみよう。

　日本軍の大規模な作戦の経過に従って四期に分けて、「銃後俳句」が極めて多い「句と評論」（のち「広場」）からその素材のデータを収集してみた。俳誌への作品発表は各攻略作戦よりもおよそ一ヶ月から三ヶ月後になるので、データ収集と考察も一ヶ月から三ヶ月後にずらして処理した。

【第一期】（表3）昭和十二年七月から十一月＝北支の平津《へいしん》・チャハル・津浦《しんぽ》・太原《たいげん》などの作戦。中支の上海作戦（俳誌では昭和十二年八月号～昭和十三年一月号）。

　表3からは、北支と中支で攻略作戦が拡大化するに伴い「出征・動員」される将兵や徴発馬《ちょうはつば》が増加する状況が見てとれる。巷ではそれを歓送する光景や、出征将兵の武運長久を祈って「千人針」を求める光景が日常化していく。〈征く人

表3「句と評論」昭和12年8月号～13年1月号の「銃後俳句」で詠まれた素材

素材／発刊月	8月号	9月号	10月号	11月号	12月号	1月号
出征（旗）・動員	0	1	25	53	53	46
千人針	0	1	3	11	11	1
徴発馬	0	0	1	3	3	5
兵隊	0	2	7	8	5	8
軍歌	0	0	1	1	3	4
英霊帰還	0	0	0	5	10	17
傷病兵	0	0	2	2	12	7
燈火管制	1	1	1	4	2	1
防空演習	0	0	4	11	6	1
事変ニュース・映画	0	0	1	1	4	5
上海陥落	0	0	0	0	0	6
北支戦線	0	0	0	4	0	5
戦車	0	0	5	2	1	2

の母は埋れぬ日の丸に〉（井上白文地「京大俳句」昭12・9）〈**歓呼起る人浪にもまれ我われを知らず**〉（嶋田青峰「土上」昭13・1）〈**千人針炎熱の陽と縫ひ込まれ**〉（柏村まさと「句と評論」昭12・9）。

他方、第三章で触れたように、上海作戦では日本軍は縦横に走るクリークに苦しみ、大量の戦死者を出した。「英霊帰還」や「傷病兵」の増加は、そうした状況の反映だろう。戦死者は「英霊」「無言の凱旋」「名誉の凱旋」などと美化された。「句と評論」昭和十二年十二月号には「十月二日山田（鉄）部隊陣没勇士百十七柱凱旋」の詞書で〈**君の御楯と散りにし人よ空も暮れぬ**〉（福山　塩谷葭鳴）が載る。こうした光景も全国各地で見られたのであろう。中国空軍は上海戦で壊滅的打撃を受けたため、日本国内への空襲はなかったが、将来の戦局に備えての「燈火管制」「防空演習」の日常化も見てとれる。「上海陥落」では祝賀提燈行列が首都圏をはじめ各地で催され、その戦勝の高揚が他の俳誌でも詠まれた。「クリーク」の句が一句もないが、他の俳誌ではよく詠まれた素材である。

【第二期】（表4）昭和十二年十二月から昭和十三年一月＝中支の南京作戦。北支の山東《さんとう》作戦（俳誌では昭和十三年二月号〜四月号。ただし二月号は休刊）。

表4では「出征・動員」の句数よりも「英霊帰還」「傷病兵」の句数が多くなっていることが注目される。上海攻略から南京攻略への作戦の展開の中で必然的に死傷兵が多くなったことの反映だろう。南京は国民政府の首都だったので、その陥落の祝賀提燈行列が各地で催され、戦勝ムードを高めた。また、「事変ニュース・映画」などメディアも戦勝ムードを煽り立てた。そうした銃後の戦勝の高揚感が、「南京陥落」「事変ニュー

表4　「句と評論」昭和13年2月号〜4月号の「銃後俳句」で詠まれた素材

素材／発刊月	3月号	4月号
出征（旗）・動員	11	6
徴発馬	1	2
兵隊	7	6
英霊帰還	19	8
傷病兵	12	7
燈火管制	4	0
防空演習	5	1
事変ニュース・映画	10	4
南京陥落	16	2
山東・江北戦	1	4
戦車	3	1
寡婦	2	1
クリーク	0	1
機銃・銃声	3	4

ス・映画」の句の増加に反映しているだろう。

【第三期】（表5）昭和十三年三月から六月＝北支と中支を繋ぐ要衝の徐州作戦（俳誌では昭和十三年五月号〜九月号）。

表5では相変わらず「英霊帰還」「傷病兵」の句が多いのが、一つの特徴。「出征・動員」が九月号だけ突出して多いのは、中台《なかだい》春嶺《しゅんれい》の戦火想望俳句「総動員」の冒頭に出征句が十四句並ぶのを含めたため。九月号に「長期抗戦」五句が載るのは戦局が長期戦の様相を呈したこととの反映と看做せよう。「徐州陥落」の句が一句しかないが、他の俳誌では火野葦平の『麦と兵隊』を踏まえた句など、徐州作戦の句は多く詠まれた。ちなみに、長期戦を呈するに従い「英霊帰還」が多くなることは、東京市作成の「東京市区情報」という公文書の記載によっても実証される。種田山頭火も「遺骨を迎へて」の詞書きで〈**しぐれつつしづかにも六百五十柱**〉（「層雲」昭13・5）と詠んでいる。

表5「広場」昭和13年5月号〜9月号の「銃後俳句」で詠まれた素材

素材／発刊月	5月号	6月号	7月号	8月号	9月号
出征（旗）・動員	3	3	7	5	17
軍馬	5	1	2	3	6
兵隊	6	2	8	8	14
英霊帰還	6	11	9	9	13
傷病兵	4	2	3	10	7
千人針	0	0	0	0	5
事変ニュース・映画	3	0	0	3	5
徐州陥落	0	0	1	0	0
戦車	0	2	1	11	1
長期抗戦	0	0	0	0	5

【第四期】（表6）昭和十三年六月から十一月＝中支の武漢作戦。南支の広東作戦（俳誌では昭和十三年十月号〜昭和十四年二月号）。

表6から読み取れる主な特徴は三つ。一つめは長期戦に入って、「出征・動員」の将兵を詠んだ句よりも「英霊帰還」「傷病兵」を詠んだ句の方が多いこと。二つめは銃後の護りとして「燈火管制」「防空演習」が持続して実施されていたこと。三つめは揚子江中流の中心地武漢の攻略をめざした武漢作戦は五ヶ月にも及んだ最長作戦であり、十月二十六日に漢口を占領した時は日本各地で盛大な祝賀提燈行列が挙行され、それが一

月号の十一句という突出した句数に反映していること。この漢口や武漢三鎮陥落の祝賀提燈行列を詠んだ句は他の俳誌でも多かった。

他方、武漢作戦と並行して行われた南支の広東作戦は、バイアス湾上陸後十日足らずで、十月二十一日広東占領。死傷将兵も極めて少なかった。広東攻略の句が一句もないのは、そうした戦況の反映であろう。他の俳誌でも皆無ではないが、広東作戦の句は少ない。

以上、中国戦線の主要な作戦を時系列で四区分し、その作戦経過と連動して「銃後俳句」の各素材の句数にどのような変化が見られるかを、「句と評論」（のち「広場」）の「銃後俳句」からデータを収集することで探ってみた。その結果、各素材の句数の変化は各作戦の状況や経過と密接に連動していることが分かった。「前線俳句」と同様、「銃後俳句」も前線の状況や経過を反映して詠まれるので、このことは言わば当然の現象であろう。「句と評論」以外の俳誌に関しては「銃後俳句」の素材の詳細なデータ分析は行わなかったが、この「句と評論」のデータ分析の結果は他の俳誌全般で見られた現象であった。特に「銃後俳句」が多く詠まれた新興俳句派の俳誌と中間派の「石楠」ではその現象が顕著に見られた。

表6 「広場」昭和13年10月号～昭和14年2月号の「銃後俳句」で詠まれた素材

素材／発刊月	10月号	11月号	12月号	1月号	2月号
出征（旗）・動員	5	25	9	26	10
兵隊	8	5	4	6	3
英霊帰還	15	23	8	13	9
傷病兵	6	6	9	22	6
千人針	0	1	1	0	0
軍歌	3	3	0	1	3
燈火管制	2	7	4	0	1
防空演習	0	10	5	2	1
事変ニュース・映画	1	4	0	1	0
武漢三鎮陥落	0	0	0	11	0
戦車	2	1	0	1	0
軍馬	0	1	5	1	1
防空壕	0	0	6	0	0
寡婦	0	1	3	0	0
補充兵	0	0	2	0	0
麦と兵隊	0	0	0	1	0

六　各俳誌の出征俳人の人数と主な出征俳人

俳句総合誌『俳句研究』は新興俳句の俳人たちを積極的に登用したが、それは主に銃後の俳人たちであった。昭和十二年八月号から昭和十四年二月号の期間で誌上に「前線俳句」が載った出征俳人は長谷川素逝と片山桃史を含むわずか四人。後には、富澤赤黄男・田中桂香・奥澤青野らの句も載るが、それにしても異常に少ない。その理由は、ある程度の知名度があり、優れた「前線俳句」を詠める出征俳人が少なかったこと、出征俳人は転戦するため所属部隊先に原稿依頼をしにくかったことの二点にあるだろう。

伝統派の「ホトトギス」と中間派の「石楠」の二誌に出征俳人が突出して多く、新興俳句派は「天の川」以外は出征俳人が多くない。これも意外なデータだったが、「ホトトギス」と「石楠」は共に会員数の多い大結社であり、必然的に出征俳人も多かったであろうこと。また、「ホトドギス」の虚子選「雑詠」欄は銃後（国内）においては「花鳥諷詠」の縛りがあり「銃後俳句」は少なかったが、「前線俳句」は一、二句欄で積極的に選出したこと。「石楠」は戦争俳句を詠むことには積極的で、「銃後俳句」も多く詠まれたが、出征俳人たちの「前線俳句」も積極的に選出、掲載したこと。両誌の「前線俳句」が突出して多いことには、そうした背景があっただろう。

新興俳句派はどの俳誌も極めて意欲的に戦争俳句に取り組んだので、全般的に「銃後俳句」は多い。その割りには「前線俳句」が少ない。それは出征俳人たちの絶対数が少ないからだろう。その中で「天の川」の

表７　各俳誌の出征俳人（昭和12年８月号〜昭和14年２月号）

俳誌	人数	主な出征俳人
俳句研究	4	長谷川素逝・片山桃史
馬酔木	31	武笠美人蕉（戦死）
天の川	45	田中桂香・山田吉彦・柿田汀月・棚橋影草・権藤祐一
京大俳句	11	波止影夫・野平椎霞
句と評論	15	奥澤青野・桜井武司・渡辺保夫・阿部秋燕子
風	3	奥澤青野・桜井武司・渡辺保夫
土上	20	横井與子・大石衣沙王
旗艦	16	富澤赤黄男・片山桃史・高見鷺城
ホトトギス	152	長谷川素逝・南恵之・渡辺こうみ・久野一仙・吉田行太路
鶏頭陣	10	田所白鳩・松本青星子・渡辺碧山・但馬翔跳
鹿火屋	16	澄山三樹・斎藤芙烈風・川口葭味
かつらぎ	18	宮澤左仲・佐藤一村・佐藤六歩・佐々木美葉
倦鳥	8	安達青希・山田思艸
石楠	103	栗生純夫・熊谷茂茅・清水葩志芽・福間幽二（戦死）
層雲	33	尾崎善七（戦死）
海紅	19	大倉鍾一・桶銭塘・山田蒲公英・斎藤順作
鶴	0	該当俳人なし
延べ人数	504	

（※複数の俳誌に所属する俳人がいるため延べ人数となる）

〔凡例〕

1　各俳誌における出征俳人の人数は、昭和12年８月号〜昭和14年２月号までの期間から収集した。ただし、「ホトトギス」は昭和12年８月号から昭和13年８月号までの期間とした。

2　出征俳人の特定は、各俳誌の「消息」欄や「編集後記」に「出征」と明記されている俳人、および掲載句の下に「北支派遣軍」などと所属が明記されている俳人とした。

3　出征俳人か民間人か判別しにくい場合は句の内容から適宜判別した。

4　各俳誌における主な出征俳人は、昭和12年８月号〜昭和14年２月号までの期間において「前線俳句」の詠出が旺盛だった俳人を抽出した。

5　「句と評論」は昭和13年５月号より「広場」と改題した。

出征俳人が比較的多いのは、会員数の多い大結社であることと、戦争俳句を熱心に推進する結社であったことに因ろう。

十七の俳誌を合わせた出征俳人の延べ人数が五〇四人に上ることは、一見非常に多いように錯覚しがちである。しかし、表7（前ページ）の各誌の出征俳人の人数を冷静に眺めてみれば分かるように、その人数は銃後の俳人数と比べて圧倒的に少ない。表7の出征俳人のデータも、「前線俳句」よりも「銃後俳句」の方が多いであろうという推定を裏づける有力な傍証と言えよう。

七　各俳誌の優れた代表的な「前線俳句」

「銃後俳句」では多くの傑作が詠まれた。それに比べると「前線俳句」の優れた句は数こそ少ないが、戦闘における非情な真実に迫った句や、戦場におけるヒューメインな心情や詩的な抒情に溢れた傑作が詠まれた。それらを十七俳誌の昭和十二年八月号から昭和十四年二月号の中から時系列で抽出し、紹介しておこう。

熊谷茂茅

弾の音七つ星は高粱の上に
弾の音晩涼の夜をこだませり

弾の音や見るべくなりし月魄は
ころころの声ふるさとの夜の如く（露営）
敵の屍まだ痙攣す霧濃かり（追撃戦）
「在北支」（「石楠」昭13・1）
長谷川素逝
馬ゆかず雪はおもてをたゝくなり
雪の上に焚くべきものもなく暮れぬ
民うゑぬ酷寒は野をおほひけり
凍る断層黄河文明起りし地
はればれあけぞらを仰いだ歩哨でした
さめても子の夢を瞼にしづかな雨音を支那
木の芽またうそになるか凱旋の淡いのぞみだ
手紙出せることも今夜限りの月夜七ツ星出た
ゆふべふと地平線の赤い陽しづんでしまつた
月、今夜はなんか淋しい私の影しみじみ地べた

尾崎善七

「北支陣中」（「ホトトギス」昭13・6）

落日をゆく落日をゆく真赤《あか》い中隊
翡翠よ白き墓標のあるところ
銃眼によればば白鷺とほくとべる

富澤赤黄男

（「層雲」昭13・7）

「戦信」（「旗艦」昭13・8）

闇ふかく兵どどと著きどどとつく　　片山桃史
穴ぐらの驢馬と女に日ぽつんと
「大陸」(「旗艦」昭14・1)

水なければ行きつゝかをりやんの葉を嚙みぬ　　長谷川素逝
かをりやんの中よりひかれ来し漢
てむかひしゆゑ炎天に撲ちたふされ
汗と泥にまみれ敵意の目を伏せず
(「ホトトギス」昭14・1)

落日に支那のランプのホヤを拭く　　富澤赤黄男
やがてランプに戦場のふかい闇がくるぞ
灯はちさし生きてゐるわが影はふとし
靴音がコツリコツリとあるランプ
銃声がポツンポツンとあるランプ
灯をともし潤子のやうな小さいランプ
このランプちいさけれどものを思はすよ
藁に醒めちさきつめたきランプなり
「ランプ―潤子よお父さんは小さい支那のランプを拾ったよ―」
(「旗艦」昭14・1)

山口誓子は「支那事変三千句」の批評で、「前線俳句」の秀句を列挙して、

「天の川」「旗艦」等の無季作品に対して、「ホトトギス」「馬酔木」「石楠」の有季作品が拮抗してゐる。もろもろの伝統諸派は一敗地に塗れたかたちだ（略）戦線篇の作品は、意外にもその威力を発揮し得ず、佳句は多く銃後篇に見出された。（「戦争俳句集を読む」─『俳句研究』昭13・12）

と評する。これは十七俳誌の「前線俳句」にも該当する適評だ。「前線俳句」の秀句は「ホトトギス」の長谷川素逝、「石楠」の熊谷茂茅《くまがいしげじ》・清水葩志芽《しみずはじめ》、「天の川」の田中桂香・山田吉彦、「旗艦」の富澤赤黄男・片山桃史らに集中、独占された観がある。伝統俳句派は〈クリークに泳ぐ家鴨や初氷〉（上海戦線・斎藤芙烈風、「鹿火屋」昭13・6）〈**徴発馬吹かれ竝べる野分かな**〉（〇〇従軍・河村玲波、「ホトトギス」昭12・11）など、戦争に肉迫できず、季語の情趣に頼った風物詠が多かった。「一敗地に塗れた」ゆえんである。

八　各俳誌の「銃後俳句」の主な俳人

新興無季俳句はその有利な地歩を利用して、千載一遇の試練に堪へて見るがよからう。（略）もし新興無季俳句が、こんどの戦争をとりあげ得なかつたら、それはつひに神から見放されるときだ。

（山口誓子「戦争と俳句」─『俳句研究』昭12・12）

この山口誓子の挑発の効果は大きく、新興無季俳句の俳人たちは意欲的に戦争俳句に挑戦した。銃後の新

表8　各俳誌の「銃後俳句」の俳人（昭和12年8月号〜昭和14年2月号）

俳誌	銃後俳句の主な俳人
俳句研究	日野草城・西東三鬼・石橋辰之助・渡辺白泉・東京三・種田山頭火
馬酔木	加藤楸邨・瀧春一・百合山羽公・石田波郷・塚原夜潮
天の川	吉岡禅寺洞・内田暮情・佐々木巽・後藤蓼虫子・西部流史・間宮緑陰
京大俳句	西東三鬼・仁智栄坊・井上白文地・中村三山・杉村聖林子・波止影夫
句と評論	渡辺白泉・細谷碧葉・藤田初巳・すゞのみぐさ女・小澤青柚子・中台春嶺
風	三橋敏雄・小西兼尾・渡辺白泉・小澤青柚子
土上	湯原芳山・嶋田洋一・嶋田青峰・坂本三鐸・国吉哲
旗艦	日野草城・神生彩史・指宿沙丘・津路章人（火渡周平）・棟上碧想子
ホトトギス	中村草田男
鶏頭陣	該当俳人なし
鹿火屋	大浦蟻王・市川天神居
かつらぎ	該当俳人なし
倦鳥	武定巨口・森古泉
石楠	臼田亜浪・福島小蕾・佐野良太・太田鴻村・林原耒井
層雲	荻原井泉水・内島北朗・小澤武二・秋山秋紅蓼・種田山頭火・松尾敦之
海紅	塩谷鵜平・安斎桜磈子
鶴	杉山岳陽

〔凡例〕

1　「銃後俳句」の主な俳人は、各俳誌の昭和12年8月号〜昭和14年2月号までの期間において「銃後俳句」の詠出が旺盛だった俳人を抽出した。

2　「句と評論」は昭和13年5月号より「広場」と改題された。

興俳句の俳人たちは、銃後の生活でしばしば目にする「出征」「千人針」「英霊帰還」などや、直接体験した「燈火管制」「戦勝祝賀提燈行列」などの素材を詠み込んだ銃後俳句に意欲的に取り組んだ。とりわけ果敢に挑戦したのは「戦火想望俳句」（銃後において前線の有様を想像力を駆使して詠んだ俳句）であった。

表8からはそうした背景が顕著に反映していることが見てとれる。新興俳句派の各俳誌には旺盛に「銃後俳句」を詠んだ俳人たちが目白押しである。他方、「ホトトギス」をはじめ伝統俳句派には「銃後俳句」に意欲的に取り組んだ俳人はあまり見られない。その理由は、伝統俳句派の俳人たちには花鳥諷詠的、写生的な縛りが無意識に働き、「戦争」という無季の人事や「戦火想望俳句」に積極的に踏み込めなかったからであろう。新興俳句派や伝統俳句派には同調せず、一定の距離を置いた中間の「石楠」や自由律派の「層雲」「海紅」には意外なほど「銃後俳句」に熱心な俳人が多く、戦争という現実と正面から向き合っている。伝統俳句派とは対蹠的な現象である。人間探求派の「鶴」では杉山岳陽一人が果敢に「戦火想望俳句」に挑戦しているのが印象的であった。

九　各俳誌の優れた代表的な「銃後俳句」

前章で触れたように、新興無季俳句を推進する俳人たちを中心にして多くの「銃後俳句」が詠まれた。就中、前線の有様を想像力を駆使して詠む「戦火想望俳句」への果敢な挑戦は、虚構性という文学の本質に触れたものだった。様々な斬新な表現方法が試行されて、戦争がもたらす非情な現実や哀しみを捉えたもの、国策やメディアによって醸成された戦意高揚・戦勝ムードに冷静に批判的な目を注いだものなど、様々な「銃後俳句」の傑作が生み出された。それらの中で代表的なものを、十七俳誌の昭和十二年八月号から昭和十四年二月号の中から時系列で抽出し、紹介する。

兵隊が征くまつ黒い汽車に乗り　　西東三鬼
黒い道喇叭鼓隊に灼け爛れ
僧を乗せしづかに黒い艦が出る
「黒」（「京大俳句」昭12・8）

烈日に兵士の眉宇のをさなかりし　　津路章人（火渡周平）
沼くろし機銃火を吐きつゝ渇す
天灼けて砲口微動だもせざる
空爆に白炎の街ぞかしぎたる
爆撃機青天に去り人ら飢え《ママ》ぬ
塹壕に砲音いまもなほのこる
「弾道」（「旗艦」昭12・9）

白椁のみ霊に菊は日を湛へ　　佐々木巽
未亡人泣いてみ霊を大きくす
未亡人泣くとき白き光みつ

未亡人泣かぬと記者はまた書くか

「葬場」（「天の川」昭12・11）

菊咲けりよくぞ召されて人征きぬ　すゞのみぐさ女

菊咲けり大君のへに人征きぬ

我家の柿をたうべて人征きぬ

ばんざいのばんざいの底にゐて思ふ

人往きし部屋の燈を消し歩く

人往きしあとの畳に坐りつる

「夫出征」（「句と評論」昭13・1）

橋脚となり水面にうかぶ顔をみたり　清田朗雨

のびあがり手榴弾なげうつ手をみたり

亡き友田恭助の真顔がふり返る(6)

観客の頭上に這ひ出しまはる戦車

場内灯りぬ突撃ラッパ耳にのこり

「事変銀幕」（「旗艦」昭13・1）

銃後と言ふ不思議な街を岡で見た　渡辺白泉

遠い馬僕見て嘶《な》いた僕も泣いた

海坊主綿屋の奥に立つてゐた

「雑」（「風」第七号―昭13・4）

砲撃てり見えざるものを木々を撃つ　三橋敏雄

そらを撃ち野砲砲身あとずさる
「戦争」（「風」第七号―昭13・4）
ふたたびは踏むまい土を踏みしめて征く　種田山頭火
遺骨を迎へて
しぐれつつしづかにも六百五十柱
雪へ雪ふる戦ひはこれからだといふ
（「層雲」昭13・5）

山陰線英霊一基づつの訣れ　井上白文地
農夫のハンケチ英霊車振動せり
英霊下車二等乗客総起立
（「京大俳句」昭13・10）

朝、つとめの鞄とけふも一人おくる旗と　松尾敦之
出征のころゐ、機械のよこから旗とつてでる
はじめて握る手の、放てば戦地へいつてしもう（ママ）
征く家ときけばたれも知つてゐて月のでた路地
しばらくは出征のうたごゑとゆきつとめへいそぐ
一目みた夫を先頭に凱旋の行列におくれじと子と
軍服をぬぐともう主として冷たいものなどを
空が山が湾をつくつてゐる淋しい景色がおそ夏
はげしく目が目をさがすばんざいの怒濤の中

（「層雲」昭13・12）

暗闇に紅き提燈をおのおの持ち　渡辺白泉
提燈をもち高き辺へ低き辺へ
提燈と人の頭と紅く丸き
提燈を遠くもちゆきてもて帰る
ふらふらと提燈をもちてあらはるゝ
「提燈」（『俳句研究』昭13・12）

戦争の大地たゞたゞ掘られし　石橋辰之助
墓標立ち戦場つかのまに移る
機関銃うごき岩肌眩《くら》りとする
（『俳句研究』昭13・12）

肺深くかくれし弾丸のかちとふれぬ　野平椎霞
メス白く剔り獲し弾丸とおかれある
征くわれをあやしき馬にのれといふ
（「京大俳句」昭14・1）

山口誓子は「支那事変三千句」の「銃後俳句」に関しても適切な評を下す。素材別に秀句を列挙して、傾向としては新興派が優性《ママ》であり、従て無季作品に見るべき作品が多かつた。こゝに於ても伝統諸派の作品は、無内容を暴露した。それ等は単にありあはせの季題を身につけて屋外にとび出したに過ぎなかつた。
（「戦争俳句集を読む」既出）

という。この評も十七俳誌の「銃後俳句」に該当する適評だ。新興俳句派の「銃後俳句」には引用した秀句に見られるように、銃後の状況や人々の心情に迫った秀句が多い。「出征」句は多く詠まれたが、たとえば新興俳句派が〈征く人の母は埋れぬ日の丸に〉（井上白文地、「京大俳句」昭12・9）と詠んだのに対し、伝統俳句派は〈兵発ちしあしたの庭の白芙蓉〉（八木花舟女、「ホトトギス」昭12・11）と詠んだ。「ありあはせの季題を身につけて屋外にとび出したに過ぎなかつた」とは、伝統俳句派の無方法の核心を衝いたものだった。

さらに誓子は「戦火想望俳句」についても重要な指摘をする。「戦火想望俳句」と「戦線の前線俳句とはその芸術的実感を――現実に於ける実感ではなく、作品に於ける実感を――いづれがよりよく表現し得たかは、一つの興味ある問題である」（同前）と。引用句に見られるように、新興俳句派の「戦火想望俳句」では「前線俳句」の秀句に拮抗する芸術的実感を伴った多くの秀句が詠まれたのであった。

十　戦争と俳句に係る各俳誌の立ち位置

戦争という苛酷な状況に対して俳句はどう係るべきか、係ろうとするか。各俳誌によってその立ち位置や見地は異なる。厳密に言えば、その立ち位置は俳人個々によって異なるので、一つの俳誌の立ち位置などあり得ないとも言える。また、当時の時局は戦意高揚、戦勝のムードに満ちていたので、俳誌も俳人もその時局に同化せざるを得ないような外的・内的な拘束を意識せねばならない状況だった。したがって、俳誌も俳人も戦争と俳句に係る立ち位置を本音で表明することはためらわれた。

そういう前提を承知した上で、表1に登載した各俳誌の「編集後記」の文言から各俳誌の立ち位置を流派に分けて探ってみよう。

①俳句総合誌

○『俳句研究』─「馬肥ゆる秋、北支・南支（注・中支の誤り）の戦況愈ゝたけなは。──出征された俳人諸氏の武運長久を祈念するのみ」（十二年十月号）

「秋風遍満して、江南北支の野に皇軍の意気いよ〳〵あがる。前線銃後俳壇諸氏の御健闘を祈つてやまない」（十二年十一月号）

「武運長久」「御健闘」は定番の文言で、戦争と俳句に係る具体的な見地は何ら表明されていない。総合誌の立場上、そこに踏み込めないという縛りがあろう。

②新興俳句派

○「馬酔木」─「銃後の熱誠を表現した俳句がもつと多く集るとよいと思つてゐる。但し銃後の熱誠を表現すると共に、芸術としても傑れたものでなくてはいけない」（十二年十月号・秋桜子）

○「天の川」─「赤誠をこめた『銃後』のよき作品を得た。もつと激増しなくてはならぬと思ふ。新興俳句は平常から、生活戦線を遊離しない処の詩である」（十二年九月号・禅寺洞）

○「京大俳句」─「私達が戦争を詠ふことによつて、

1、伝統の徒のなし能はざる戦争俳句を作り出し、2、今尚ともすれば認められる伝統俳句的観念をキレイサツパリ清算し、3、無季俳句を再認識再建設し、4、今日以後の新興俳句を強化し、たいと思ふからであります」

（十三年二月号）

○「句と評論」― 「硝煙はいよいよわれらの背後に迫つてゐる事を感ずる、かかる時こそ俳句に対する渝らざる愛を以て後世に遺すに足る立派な作品を生むべきであらう」

（十二年十月号・藤田初巳）

○「旗艦」― 「国民精神作興総動員の折柄、私達旗艦作家も文芸報国に励精すべき秋であります」

（十三年三月号・水谷砕壺と推定）

戦争を詠うことによって伝統俳句的観念を払拭し、新たな無季俳句を創り出すとする「京大俳句」がポリシーを明確に打ち出している。「馬酔木」「天の川」「句と評論」の三誌は、戦争という時局において秀句を生み出さねばならぬという共通した見地が見られる。他方、「旗艦」だけは国民精神総動員の時局において「文芸報国に励精すべき」と、聖戦俳句的な見地が見られ、異色である。これは「旗艦」あるいは主宰者日野草城の立ち位置の表明というよりは、編集者水谷砕壺の個人的な見地と看做すべきであろう。「土上」と「風」には戦局と俳句との係りについての文言はなし。

③伝統俳句派

○「ホトトギス」― 「今回の事変につきての将兵の労苦に深き敬意を表し、一日も早く戦争の目的を達成して平和の日の来らんことを翹望します」

（十二年十月号・虚子）

○「鶏頭陣」― 「皇軍の辛苦は思ふに余りあるものがある。我等銃後に在るものは愈健全なる精神と身体の涵養に努むべき」

（十二年十二月号・伊藤浪亭）

○「かつらぎ」― 「北支事変がいよ〳〵大きくなつてまゐりました（略）在支皇軍の武運長久を衷心よりお祈りする次第です」

（十二年九月号・河合子丑《しちゅう》）

○「倦鳥」― 「此動員により雄々しく応召軍に従ひ国難に赴かるゝ諸氏に対しては、唯々感謝の外言葉がありませぬ（略）御武運の長久を祈願するのみであります」

（十二年八月号・森古泉）

「伝統俳句派」の各誌には戦争と俳句の係りに関する言及は全く見られず、出征将兵や皇軍への感謝と武運長久の祈願の文言が共通している。「鹿火屋」には戦局や、戦局と俳句の関りへの文言はなし。

④中間派

○「石楠」―「軍歌は街に充満してゐる。ニユース劇場は殆ど事変ニユースばかりだ。北支事変が支那事変にまで進んだ（略）遥かに戦線の同信並《ママ》に一般同胞の御健在を祈り、また銃後の諸賢の御自愛を祈る」（十二年十月号・（茶））

「石楠」は「前線俳句」も「銃後俳句」も盛んだったが、「編集後記」では戦争と俳句に係る言及はない。

⑤自由律俳句派

○「層雲」―「世は戦勝につづいて長期戦体制に入り何となく身のうちの緊張を感じます。／我等の俳句も、社会の認識を得るためには更に長期の忍耐を要すると思ひます」（十三年二月号・小澤武二）

○「海紅」―「銃後の私達として（略）愈々句道に励む事それが、軈《やが》て国民精神総動員と云ふ運動の最も大切なる一重点をなす事を信じてをります」（十二年十月号・中塚一碧楼）

「層雲」は戦争と俳句との係りについて、両者を単に「忍耐」という等式で結んだだけで、何ら具体的に言及していない。「海紅」は「句道に励む事」を「国民精神総動員」という時局と等式で結んでいる。これは「旗艦」の「文芸報国」という文言と通じるもので、文芸としての俳句の自立性を守る見地ではなく、時局に同調、奉仕する見地である。

⑥人間探求派

○「鶴」―「俳壇に於ては戦争俳句を行く処まで行かしめよ。（略）無季俳句の或る人々は兎に角真剣に戦争と取り組んでゐる」（十三年七月号・石塚友二）

盛んに作られる戦争俳句、特に新興無季俳句の俳人たちの果敢、多様な試みの行く末や成果を見守ろう、という好意的な見地が窺える。

以上の各俳誌の「編集後記」を概括してみると、戦争と係り、あるいは戦争俳句を作ることで既成の伝統俳句観念を超えた新しい俳句を生み出そうとする「新興俳句派」と、出征俳人や将兵の「武運長久を祈る」という表層的なところにとどまっている「伝統俳句派」との立ち位置が対蹠的である。そして、この戦争に係る姿勢の濃淡や立ち位置の差異が、表1・2で示した各俳誌の「銃後俳句」と「前線俳句」の句数の多少に結果していると言えよう。また、「軍歌は街に充満してゐる」（「石楠」の「編集後記」）という時局下では、戦争と俳句との係りを「俳句報国」と捉える認識は一般的であったろうと推測される。

〔注〕

（1）筑紫磐井は「支那事変三千句」「同新三千句」「山茶花同人編『聖戦俳句集』」「胡桃社同人編『聖戦俳句集』」を挙げ、「これらの資料を一見すれば分かる通り、銃後より前線俳句の方が間違いなく多い。当然のことである、戦場には多くの兵隊が動員されたのだから」（「従軍俳句の真実」、「豈」57号）と言う。また、「支那事変三千句」「同新三千句」を論拠に「『時系列で眺めて』言えることは、五〇％から大幅に増加することである」（「八月の記憶——従軍俳句の真実」、「俳句新空間」4号）と言う。

（2）「年譜」（『山本健吉全集』第16巻、講談社）の昭和九年に「三月、改造社より、総合誌『俳句研究』が発刊され、その編集に従事した」とあり、翌十年に「改造社に復帰。『俳句研究』の編集に専念する」とある。「座談会　昭和俳句を語る」（筑摩書房『現代俳句集』月報、昭32）では「私は創刊から三・四カ月やって、伊澤元美《もとよし》君が一年半ぐらいやって、また私が復帰してやつてるので、私が復帰した時には新興俳句は起つていましたね。十一年ごろです」と言う。両者に齟齬があるが、ここでは「年譜」に従った。

（3）松原一枝『改造社と山本実彦』（南方新社、平12）

（4）幡谷東吾「新興俳句・俳誌総覧」（『俳句研究』昭47・3）

（5）大場白水郎「明治・大正・昭和時代における主要俳句雑誌一覧」（改造社『俳句講座』第8巻「現代結社篇」昭7）

（6）新劇俳優。大正十三年築地小劇場創立同人、翌年女優田村秋子と結婚。左翼的イデオロギーに偏せず、心理的・写実的演技を実践した。昭和十二年文学座結成直後の九月に出征し、十月に上海戦線で戦死。

〔参考文献〕

『昭和の歴史』第五巻「日中全面戦争」（藤原彰、小学館、昭57）
『太平洋戦争への道』第3・4巻「日中戦争〈上〉〈下〉」（朝日新聞社、昭37・38）
『ブリタニカ国際大百科事典』第14巻（TBSブリタニカ、平10）
『世界大百科事典』第21巻（平凡社、平21）

初出は「俳句」（角川文化振興財団）平成30年8月号～9月号

おわりに

『昭和俳句の検証』（笠間書院・平27）の「おわりに」で、「私は今後、今昭和三十年代まで書き進めて中断している「現代俳句史」を、昭和五十年代末（髙柳重信の逝去の頃）まで書き継いで、静かに俳句の世界から去ろうと思っている。」と記した。この文言を目ざとく見つけた学識豊かな気鋭の俳人外山一機氏は「川名大を忘れる、ためのガイダンス」（第37回現代俳句評論賞佳作）というシニカルなタイトルの論考をものされ、私は高校時代からの俳句活動や学究活動のあらましを丸裸にされてしまった。また、外山氏から「引退の日も近いようである」と期待されながら、いくつかの事情があって今日まで引退に至っていない。

その間、私とていたずらに無為に過ごしてきたというわけでもない。『昭和俳句の検証』を刊行する以前から、思いがけず現代俳句協会の『昭和俳句作品年表』（戦前戦中篇・戦後篇）の編集の一員に加わることになり、以来、長年にわたって作品収集に明け暮れた。夥しい数の俳誌や句集類を逐一繙き、佳句を拾い出す作業は心身ともに疲れたが、流派を問わず、幅広く主要な俳誌や句集類を繙くことで昭和俳句を眺望する視野は大きく広がった。時には思いがけない佳句との邂逅もあり、純粋な喜びに浸ることもできた。編集委員の方々と親しく濃密な時間を過ごせたのも、ありがたいことだった。

また、改造社の「俳句研究」の特集アンソロジー「支那事変三千句」(昭13・11)「支那事変新三千句」(昭14・4）において「前線俳句」が「銃後俳句」よりも二倍以上も多く収録されているのは、戦意高揚・聖戦賛美の時局に同調した情報操作（捏造）ではないか、という疑問を解こうとした。推測統計学に倣って流派に偏りなく主要な十七俳誌を選定し、国立国会図書館でマイクロフィルムから「前線俳句」と「銃後俳句」のデータを収集したのをはじめ、首都圏内の主要な図書館・文学館を経回ってデータを収集。約二年間を要した。結果、「銃後俳句」が「前線俳句」より圧倒的に多いことが判明。両者の句数の多寡の論議に決着をつけるとともに、「支那事変六千句」は時局に同調し、皇軍にバイアスをかけた情報操作であることを、実証的・帰納的に明らかにした。

私にはもう一つ、引退する前にぜひやり遂げておきたいことがあった。それは『昭和俳句の検証』に富澤赤黄男の最初の句日記「佝僂の芸術」の翻刻を収録することができたのに続いて、赤黄男の「戦中俳句日記」の翻刻を収録した著作を刊行することであった。長年、新興俳句の研究に携わってきた私にとって、新資料ともいうべき貴重な「戦中俳句日記」の翻刻を刊行することは、その資料を共有して後生の研究者が赤黄男研究を推進させるための一研究者のモラルともいうべきものであった。赤黄男の御遺族の三好多加也氏から翻刻収録の快諾を得て、本書を刊行できたことは、私にとってこの上ない喜びである。三好氏に厚く感謝申し上げる。

以上のような事情で、「昭和俳句史」執筆の完結よりも、本書の刊行が先になってしまった。「昭和俳句史」の執筆は、遅筆ながら現在昭和五十年代前半まで進捗している。外山一機氏のいう「引退の日も近いようである」という期待に応えることができる日も近いだろう。

最後に、本書の刊行に際して創風社出版との仲介の労をとってくださったのは、若いころからの友人で、戦友の坪内稔典氏である。坪内氏に厚く御礼申し上げる。また、本書の出版をこころよく引き受けてくださり、煩雑な翻刻を原本に近い形で仕上げてくださった創風社出版の大早友章・直美ご夫妻に厚く御礼申し上げる。ちなみに、坪内氏は富澤赤黄男と同郷の人。創風社出版は愛媛県松山市の出版社。赤黄男との地縁もうれしいことであった。

二〇二〇年（令和二年）九月吉日

川名　大

著者略歴

川名　大（かわな　はじめ）

昭和14年（1939）千葉県南房総市生まれ。早稲田大学第一文学部を経て、慶應義塾大学・東京大学両大学院修士課程にて近代俳句を専攻。三好行雄、髙柳重信に師事。近代俳句の軌跡を俳句表現史の視点から構築。

著書に『昭和俳句の展開』『新興俳句表現史論攷』（共に桜楓社）、『昭和俳句新詩精神の水脈』（有精堂出版）、『現代俳句上・下』（ちくま学芸文庫）、『モダン都市と現代俳句』『俳句は文学でありたい』（共に沖積舎）、『挑発する俳句　癒す俳句』（筑摩書房）、『俳句に新風が吹くとき』（文學の森）、『昭和俳句の検証』（笠間書院）などがある。

戦争と俳句

『富澤赤黄男戦中俳句日記』・「支那事変六千句」を読み解く

2020年11月25日 発 行　　定価＊本体2500円＋税

著　者　　川名　大

発行者　　大早　友章

発行所　　創風社出版

〒791-8068 愛媛県松山市みどりヶ丘９－８

TEL.089-953-3153 FAX.089-953-3103

振替 01630-7-14660 http://www.soufusha.jp/

印刷　㈱松栄印刷所

 ISBN 978-4-86037-299-6